名著伴你成长系列丛书

太有趣了，名著！

图说欧洲民间故事

《太有趣了，名著！》编写组◎编

耿爱玲◎译

王佳琪◎绘

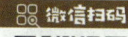

读懂经典文学名著，
爱读会写学知识

★听故事学知识
★跟名师精读名著
★名著读写方法指导

南方出版传媒
广东经济出版社
·广州·

图书在版编目（CIP）数据

太有趣了，名著！图说欧洲民间故事／《太有趣了，名著！》编写组编；耿爱玲译．—广州：广东经济出版社，2021.4
（名著伴你成长系列丛书）
ISBN 978-7-5454-7421-3

Ⅰ.①太… Ⅱ.①太…②耿… Ⅲ.①民间故事—作品集—欧洲 Ⅳ.①I507.3

中国版本图书馆CIP数据核字（2020）第223476号

策　　划：李　鹏
责任编辑：周伊凌　孙　媛　魏　维
责任技编：陆俊帆
插　　图：王佳琪
封面设计：读家文化

太有趣了，名著！图说欧洲民间故事
TAI YOUQU LE，MINGZHU！TUSHUO OUZHOU MINJIAN GUSHI

出版人	李　鹏
出　版 发　行	广东经济出版社（广州市环市东路水荫路11号11~12楼）
经　销	全国新华书店
印　刷	广东鹏腾宇文化创新有限公司
	（珠海市高新区唐家湾镇科技九路88号10栋）
开　本	889毫米×1194毫米　1/32
印　张	5.25
字　数	130千字
版　次	2021年4月第1版
印　次	2021年4月第1次
书　号	ISBN 978-7-5454-7421-3
定　价	21.00元

图书营销中心地址：广州市环市东路水荫路11号11楼
电话：（020）87393830　　邮政编码：510075
如发现印装质量问题，影响阅读，请与本社联系
广东经济出版社常年法律顾问：胡志海律师
·版权所有　翻印必究·

名著伴你成长系列丛书

阅读专练手册

太有趣了，名著！

图说欧洲民间故事

导读梳理 阅读方法巧掌握
随读随练 学习习惯勤培养

一、名著导读

1. **阅读目标**

(1) 能产生阅读本书的兴趣，自主阅读这本故事集。

(2) 通过有趣、精彩的故事，了解欧洲各国、各民族在文化上的异同。

(3) 丰富知识，增长见识，乐于分享课外阅读的成果。

2. **阅读指导**

阅读要素	篇目	阅读方法
通过阅读，感受书本内容中蕴含的独特文化。边读边想象，读懂故事情节。	第一组	制作故事情节图，读懂故事内容。
	第二组	选择你喜欢的故事，简要地讲给大家听。
	第三组	边读边想象。改编故事，演一演。

二、快乐阅读

1. 阅读任务卡

	篇目及数量	时间	日期
第一组	《亚瑟拔出宝剑》等7篇	2天	__月__日至__月__日
第二组	《听懂动物语言的玻玻》等7篇	2天	__月__日至__月__日
第三组	《茨冈人的故事》等7篇	2天	__月__日至__月__日

2. 我的阅读单

故事篇目	主要角色及经历	告诉我们的道理
《亚瑟拔出宝剑》		
《　　　》		
《　　　》		

三、阅读成果展

1. 我喜欢的词句

2. 我明白的道理

要用智慧的方法打败比自己强大的敌人。
　　——《大小俩培勒》

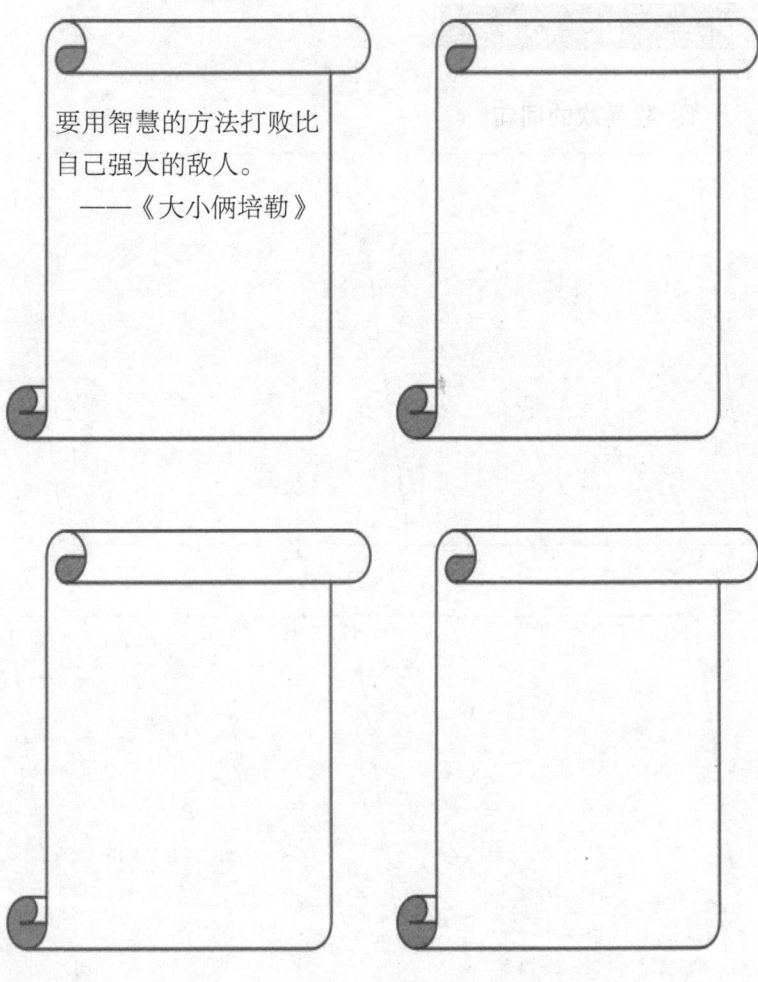

3. 交流分享

一鸣：《丢失的小男孩》这篇故事里，大女儿和二女儿都没有向主人透露少年是如何因她们的回答而感到忧伤的，在她们看来，得到钱比什么都重要。而小女儿凭借自己的善良和忠诚挽救了丢失的小男孩，并和他幸福地生活在一起。

天天：故事《农夫与大学生》中，三个大学生骗农夫，让农夫认为自己要卖的其实是山羊，然后用很低的价钱买走了农夫的奶牛。农夫知道自己受骗后，用计让三个大学生用很高的价钱买走了自己的破帽子。到底用了什么计呢？你们自己去看看吧！

我：_____

_____

_____

_____

_____

四、名著微测

1. **判断题**

（1）罗西娜一见到阳光就会变成一条蛇,只有钻进点燃的火炉才能变成人。（　）

（2）在故事《小老鼠和大象》中,所有的动物都怕这只老鼠,因为它有一面神奇的镜子。（　）

（3）《盐矿里的金戒指》中,匈牙利国王贝拉四世为他心爱的女儿准备了丰厚的嫁妆。公主金是一个不贪婪、不骄纵的人。（　）

2. **精彩片段阅读练习**

列那狐偷鱼（节选）

那天天气很冷,天色阴沉沉的。

列那狐在家里呆呆地看着那几个已经空了的食橱。

列那狐的夫人艾莫丽娜坐在椅子上,愁眉苦脸地摇着头。

"什么也没有了!"它忽然说,"我们家里什么吃的也没了!"

"饿着肚子的小家伙们快回来了,它们吵着要吃饭,我们该怎么办呢?"

"我再出去碰碰运气!"列那狐说着长叹了一声,"可是，季节不好，我真不知道该上哪里去。"

它还是出去了，因为它不愿意看到妻子和孩子们哭泣，它只好准备跟正要到来的敌人——饥饿作一场斗争了。

它沿着树林缓慢地走着，东瞧瞧，西望望，想不出任何寻找食物的办法。

它就这样一直走到一条被篱笆隔开的大路上。它垂头丧气地坐在路上，刺骨的寒风猛吹着它的皮毛，抽打着它的眼睛，它陷入了恍惚的沉思之中……

忽然一阵大风刮过，从远处飘来一股诱人的香味，这香味一直飘到列那狐的鼻子里。

它立刻抬起头，使劲儿地嗅了几下。

"是鱼的味儿吗？"它想，"这明明是鲜鱼的香味啊！"

"可是，这是从哪里来的呢？"

列那狐纵身一跳，跳到了路边的篱笆旁。

它不但鼻子很灵，耳朵很尖，而且目光也特别敏锐，它发现从远处驶过来了一辆大车。

毫无疑问，这股诱人的香味就是从这辆大车里散发出来的，因为当大车逐渐走近时，它清楚地看到大车上装的都是鱼。

确实，这是去附近城里鱼市卖鱼的鱼贩，车上的筐子里装满了鲜鱼。

当列那狐馋得流下口水，急不可待地想吃这些鲜美的鱼时，它一秒钟都没有迟疑，脑子里忽然闪出了一条妙计。

它轻轻一跳，越过了篱笆，绕到离大车还很远的大路一端，躺倒在路中间，装出刚刚暴毙的样子：软绵绵的身子，闭着眼睛，伸出舌头，跟断了气一样。鱼贩们到了它跟前，停下车，以为它真的死了。

"啊？那是一只狐狸还是一只獾？"其中一个鱼贩看到躺着的东西喊了起来。

"是只狐狸！快下车，快下车！"

"不是个好东西！不过，它那张皮倒不坏，可以把它剥下来。"

两个鱼贩连忙下车，上前去看列那狐。

这时，列那狐装死装得更像了。

他们捏了它几把，把它翻过来，又抖了抖，这时他们才欣赏到它那身漂亮的皮毛和雪一般洁白的喉部。

"这张皮能值四索尔。"其中一个鱼贩说。

"四索尔不止！起码值六索尔，六索尔我还不一定肯卖呢！"

"把它扔在车上吧！到了城里，我们再来收拾这张皮，卖给皮货商。"

两人漫不经心地把列那狐扔到了鱼筐边，重新上车，继续赶路了。

你们一定猜得到，这只狐狸在车上笑得多么开心！

它正落在好地方，那里有够它一家人吃的丰盛午餐。

不一会儿工夫,它毫无响声地用锋利的牙齿咬开了一个鱼筐,开始了它的美餐。

一眨眼的工夫,至少有三十条鲜鱼进了它的肚子,即使没作料,它也不在意。

吃完后,它丝毫不想逃跑,它还要利用这个好机会呢!

咔嚓一下,它又用牙齿咬开了另一个鱼筐,那是一筐鳗鱼。

这次,它要为家里人着想了。

它自己只尝了一条,那是为了检查鱼是不是新鲜,以保证家人不会受到伤害。

它巧妙地把几条鳗鱼串起来做成一串项链,挂在自己的脖子上,然后轻轻地从车后滑到了地上。

它下车虽然很轻,但还是发出了一点儿响声。

赶车人发现那只狐狸已从车上逃跑,正感到莫名其妙、惊讶不已时,列那狐嘲讽地向他们喊道:"愿上帝保佑你们,我的好朋友!让皮货商节约六个索尔吧!我给你们还留着一点儿很好的鱼,谢谢你们送给我鳗鱼啦!"

鱼贩们这才明白,列那狐用计捉弄了他们。他们当即停住大车,去追捕列那狐。

尽管他们跑得上气不接下气,但列那狐还是比他们跑得快。

列那狐很快翻过篱笆,摆脱了鱼贩的追赶。

两个鱼贩万分沮丧,没办法只好重新上了车。

列那狐跑着跑着，不一会儿就到了家，与正在挨饿的一家人团聚。

【整体感知】

（1）列那狐为什么要偷鱼？用了什么方法偷鱼？请你简要地概括。

_____

【提取信息】

（2）在文中用"_____"画出环境描写的句子。句子衬托出了列那狐（　　）的心情。

【解读信息】

（3）联系上下文，说说下列词语的意思。

愁眉苦脸：_____

漫不经心：_____

【评价提升】

（4）你还知道哪些关于狐狸的故事？

《　　　　　　》《　　　　　　　》

参考答案

精彩片段阅读练习

（1）列那狐为了给家人找食物，它看到了一辆拉鱼的车，便装死骗鱼贩把它扔到了鱼筐边，列那狐把鳗鱼串成项链挂在脖子上，成功逃脱。

（2）它垂头丧气地坐在路上，刺骨的寒风猛吹着它的皮毛，抽打着它的眼睛，它陷入了恍惚的沉思之中……衬托出列那狐（沮丧）的心情。

（3）愁眉苦脸：形容忧愁、苦恼的样子，艾莫丽娜因没有食物而发愁。

漫不经心：随随便便，不放在心上，鱼贩并没有对列那狐起疑。

（4）《狐假虎威》《了不起的狐狸爸爸》

广东经济出版社
GUANGDONG ECONOMY PUBLISHING HOUSE

诚意馈赠

广东经济出版社
天猫旗舰店

广东经济出版社
京东旗舰店

建议配合 二维码 一起使用

读懂经典文学名著，
爱读会写学知识

扫描下方
二维码
即可获得

听故事学知识 听原汁原味故事，学名著考试知识

跟名师精读名著 名师带你精读100本世界名著

名著读写方法指导 会阅读更会运用，成为写作小能手

内容简介

　　世界上的童话故事是无穷无尽的，每个民族都有属于自己的精彩故事。《太有趣了，名著！图说欧洲民间故事》精选了欧洲许多国家经典的民间故事，这些故事蕴含着丰富的寓意，传达着一种正义与邪恶斗争的精神，赞颂了朴实的亲情、友情与爱情。

　　民间故事的对象是普通大众，故事中充满了趣味性。故事的主角们往往在重重磨难中成长为刚强坚毅的人，他们通过自己的智慧和行动获得财富、权利和爱情。通过这些有趣、精彩的故事，我们可以了解欧洲各国、各民族在文化上的异同。

目 录

亚瑟拔出宝剑 / 1

小王子和灰狼 / 7

聪明的小牧羊人 / 15

盐矿里的金戒指 / 22

灰额猫、山羊和绵羊 / 30

列那狐偷鱼 / 37

丢失的小男孩 / 43

听懂动物语言的玻玻 / 51

昏睡百年的公主 / 59

父亲的遗产 / 66

大小俩培勒 / 73

农夫与大学生 / 81

海水变咸的传说 / 87

幸福的汉斯 / 94

茨冈人的故事 / 101

小老鼠和大象 / 110

小精灵 / 116

杰克神豆奇缘记 / 124

跳舞的红鞋 / 130

火炉里的罗西娜 / 138

寻找长生不老的王子 / 146

亚瑟拔出宝剑

主要人物
- 名称：亚瑟
- 身份：爱克托骑士的养子
- 事件：拔出了宝剑，成为国王

次要人物
- 名称：恺骑士
- 身份：爱克托骑士的儿子
- 事件：谎称自己拔出了宝剑

故事梗概

亚瑟拔出了放在祭台上的宝剑，成为英格兰的国王。

国王去世以后，大臣们各怀私心，都在极力扩张自己的势力，你争我夺，甚至图谋篡夺王位，这导致英格兰的情况一天比一天恶劣，整个国家危机四伏。在这危急的时刻，魔灵去拜见坎特布雷教区的主教，建议他召集全国所有有爵位的人和骑士，在圣诞节的晚上到伦敦参加聚会，让上帝启示英格兰的臣民，由谁来做他们的国王①。

主教听取了魔灵的建议，立即通告全国所有有爵位的人和骑士，让他们在圣诞节的晚上来伦敦参加聚会。接到通知的人都想参加，有人想成为国王，有人想知道谁会成为这个国家的国王，还有人担心如果拒绝参加会被上帝惩罚。

圣诞节到了，所有有爵位的人和骑士聚集在伦敦最大的圣保罗教堂，为即将到来的仪式进行祈祷。他们做完晨祷、唱完弥撒，突然看见在教堂的庭院里，高高的祭台上，有一个四方形的大石台。石台中央，放着一块砧板一样的东西，约有一尺高，它上面插着一把宝剑。台子上刻着一行字：能从石砧上拔出此剑者，即为英格兰的国王②。

众人感到十分惊讶，就去禀告主教。主教半信半疑，立即来到祭台旁确认事情的真假。当看到祭台上的字和插入石砧里的宝剑之后，他才确定这是上帝的启示。于是，主教对教堂里的所有人说：

"现在我命令你们，继续留在教堂里向上帝祈祷，在祷告正式结束

---

① 介绍故事发生的背景。
② 指出成为英格兰国王的条件。

篡夺（cuàn duó）：用不正当的手段夺取（地位或权力）。
砧板（zhēn bǎn）：切菜时垫在底下的木板。
半信半疑（bàn xìn bàn yí）：有些相信，又有些怀疑。

之前，任何人都不得碰这把宝剑。"

当所有的祷告仪式正式结束后，教堂里有爵位的人和骑士再次来到石台旁，认真地看着台上的刻字和宝剑。凡是想做国王的人，都想拔出宝剑，但他们用尽全力拔剑，宝剑仍纹丝不动。

"看来能够拔出宝剑的人还没有到来，上帝一定会把这个人派到我们身边。"主教又说，"按照我的意思，现在选出十名骑士看守这把宝剑①。"

主教又制定了一条规则，并通告全国：无论是谁，只要有爵位和骑士的身份，凡是想要拔出宝剑的，都可以前来尝试。主教还打算在圣诞期间举行比武大会和赛马比赛，以此吸引更多的人参加。主教深信上帝一定会把能够拔出宝剑的人派到这里，让人们认识。

圣诞节的祭祀活动结束以后，有爵位的贵族骑马来到比赛场地，有的参加比武大会，有的参加赛马比赛。抚养亚瑟的爱克托骑士也来参加比武大会，他的亲生儿子恺骑士和养子亚瑟也跟随他一起来参加比赛。年轻的恺骑士，是去年万圣节才被封为骑士的，而亚瑟这时还不是骑士。

爱克托骑士父子三人进入比赛场地之后，恺骑士才发现自己忘带佩剑了，他的佩剑落在了父亲的卧室里，他只好央求亚瑟替他取回佩剑。亚瑟答应了，回家去取哥哥的佩剑。

他赶回家，发现房门紧锁，原来连家里的仆人都去看比武大会

① 语言描写，生动形象地写出了主教的认真和虔诚。

祭祀（jì sì）：旧俗备贡品向神佛或祖先行礼，表示崇敬并求保佑。

了。亚瑟白跑一趟,十分生气,心想:我记得教堂的台子上有一把剑,就把那把剑拔出来给哥哥用吧①。

亚瑟奔到圣保罗大教堂,把马拴好,来到教堂的庭院里,却没有看到一个看守的骑士。原来这十个骑士都去参加比武大会了。他跳上台子,握住剑柄,一下就把宝剑从石砧里拔了出来,然后骑上马赶到哥哥那里,把剑交给他。

恺骑士一看到这把剑,就立刻认出这是教堂庭院里的那把,他顿时感到心慌意乱,于是赶紧找到自己的父亲爱克托骑士。

"父亲,你看,这把剑就是教堂台子上的那一把,这意味着我可以做国王。"恺骑士隐瞒了剑是亚瑟拿给他的这个事实②。

爱克托骑士看了看这把剑,半信半疑,于是带着两个儿子赶往教堂,验证教堂石台上的剑是否还在原处。进了教堂,爱克托骑士走到庭院一看,发现石砧上空空如也,这才确定儿子给他的剑就是原本插在石砧里的那一把。

爱克托骑士想了一会儿,把儿子恺骑士叫到自己面前,让他对着《圣经》发誓。

"向上帝发誓,你是怎么得到这把剑的?"

亚瑟看到这一幕,以为自己犯了错,不敢出声。

① 亚瑟给哥哥取佩剑,结果房门上锁了,他不知道主教定下的规则,决定把教堂台子上的剑拔出来给哥哥用。
② 恺骑士隐瞒了剑是亚瑟拿给他的这个事实,说明他是一个不诚实的人。

空空如也(kōng kōng rú yě):空空的什么也没有。

亚瑟拔出宝剑

"父亲,这把剑是亚瑟给我的[1]。"

爱克托又问亚瑟剑的来历,亚瑟把真相告诉了自己的养父。

"哥哥让我回家替他取剑,我回到家,发现大门紧锁,拿不到哥哥的剑。但哥哥参加比武大会必须用剑,所以我就跑到这里,从石砧上把剑拔了出来。"

[1] 最终恺骑士面对《圣经》,只得承认了这把剑不是自己拔出来的,体现了他的知错能改。

"难道你不知道主教的通告吗？拔出剑的人将成为英格兰的国王。"

"主教只通知了有爵位的贵族和骑士，我既不是贵族，也非骑士，所以即使把剑拔出来也没有关系。"亚瑟回答道①。

但是爱克托不这么想，他知道拔出剑的人，不论是何种身份，最后一定会成为国王。他看看四周，没有发现一个骑士守卫，于是让亚瑟把剑重新插回石砧。将剑插回后，爱克托首先尝试拔剑，没有成功，他又让儿子恺骑士拔剑，也没法拔出来，最后让亚瑟拔剑，亚瑟一下子就拔了出来。

爱克托顿时明白了，亚瑟拔出宝剑是上帝的旨意，除他之外的人都无法把剑拔出来，他注定要成为英格兰的国王。

---

① 亚瑟解释了自己拔剑的原因，照应了前文。

小王子和灰狼

- 主要人物
  - 名称：伊凡
  - 身份：小王子
  - 特点：孝顺、诚实

- 次要人物
  - 名称：灰狼
  - 特点：诚实、乐于助人
  - 事件：帮助小王子伊凡实现愿望

故事梗概

小王子伊凡去寻找偷吃金苹果的鸟，路上遇到吃了他的马的灰狼，在灰狼的帮助下，最终小王子找到了偷吃金苹果的鸟，过上了幸福的生活。

一位沙皇有三个儿子，最小的儿子叫伊凡。沙皇有一座漂亮的花园，园内种着结金苹果的苹果树。偶然地，沙皇发现有人偷园中的金苹果，非常愤怒，便派卫兵去看守，可是没有一个卫兵抓到窃贼。沙皇发起愁来，整日不吃不喝，他担心园中的金苹果会被人偷光。王子们安慰他："亲爱的父皇，不要伤心，让我们兄弟去看守①。"

大王子说："今夜我打头阵。"大王子来到花园守夜，夜里他在花园中巡视了很久，也没有发现窃贼，于是就躺在柔软的草地上睡着了。第二天早晨沙皇问他："你抓到小偷了吗？""没有，亲爱的父皇，我整夜都没有合眼，可是什么也没有看到。"大王子说②。

第二天晚上二王子去守夜，他也睡了一夜，第三天告诉沙皇，他也没有看到小偷。

轮到小王子伊凡去守夜了，他担心错过窃贼，整夜都不敢躺下睡觉。过了半夜，他仿佛看到花园里有灯光③。光越来越亮，最后整个花园都变得通明。苹果树上有一只全身是蓝色羽毛的鸟，此刻正在啄食金苹果。王子伊凡偷偷地爬到树上，趁这只鸟不注意，抓住了它的尾巴。鸟惊慌地逃走了，伊凡手里只留下一根鸟尾巴上的羽毛。

早晨，伊凡到沙皇那里去。"你抓到小偷了吗？"沙皇问伊凡。"亲爱的父皇，我没抓到小偷，不过我知道小偷是谁了。"伊凡把事情

① 有人偷国王花园里的金苹果，国王很担心，王子们安慰国王，主动请缨去看守。
② 语言描写，通过大王子的语言，我们可以看出他是一个不诚实的人。
③ 小王子伊凡的做法和两个哥哥不一样，说明他是一个认真、负责的人。

巡视（xún shì）：①到各处视察；②往四下里看。

的经过告诉沙皇,并向他展示了那根羽毛。沙皇了解了事情的真相后,心情逐渐平静下来,并重新恢复了食欲。

有一天,沙皇想起那只偷食金苹果的鸟,他把三位王子叫来,告诉他们:"亲爱的孩子们,你们备好马,到世界各地去寻找这只鸟,它就在你们没有到过的地方①。"

王子们和沙皇告别,骑上马,带上干粮,各自去了一个方向。小王子伊凡走了很久,他感到有点累,就从马上下来,躺在地上睡着了。过了一会儿,他醒过来,惊讶地发现马不见了。他四处寻找,最后找到了自己的马,可不幸的是,马的皮肉已经被啃光了,只剩下了骨架。小王子伊凡忧愤交加,无计可施。"该怎么办呢?"伊凡心想,"看来只能步行去找偷食金苹果的鸟了②!"

正在这时,一只灰狼朝小王子跑来。

"你怎么啦,尊贵的王子,为什么愁眉苦脸的?"

"我怎么能不发愁呢,我的马没有了。"

"尊贵的王子,我把你的马吃掉了,非常对不起,请你告诉我,你为什么要来这个偏僻的地方③?"

"父皇派我找一只全身是蓝色羽毛的鸟,他偷食了父皇的金

① 国王决定让王子们去寻找那只偷食金苹果的鸟,他们能找到吗?
② 小王子伊凡的马已经只剩下骨架了,这为他寻找偷食金苹果的鸟增加了难度。
③ 这只灰狼告诉小王子伊凡是它吃了他的马,说明灰狼很诚实,能够承认自己的错误。

愁眉苦脸(chóu méi kǔ liǎn):形容愁苦的神情。

苹果。"

"依我说，你骑着那匹马再找几年也找不到，只有我才知道你说的这只鸟在哪儿。既然我吃了你的马，作为补偿，我让你骑在我的背上，我带你去找那只鸟。"

小王子伊凡骑到灰狼背上，灰狼疾驰而去，速度比小王子的马还快。过了一会儿，他们来到一个高大的要塞，灰狼对他说："尊贵的王子，你听我说，你要记住我的话。等你爬过这道墙，墙内有一幢楼房和一个卫兵，不过别担心，这个卫兵已经睡着了。楼房有一个窗户，窗户里面有一只金鸟笼，金鸟笼里关着一只专吃金苹果的鸟，鸟长着蓝色的羽毛。你抓住鸟以后，就放在怀里。"

小王子按照灰狼的话果然找到了金鸟笼和鸟，不过那不是个普通的鸟笼，而是一只非常漂亮的金鸟笼。小王子看到后心情格外激动。

王子刚要带走蓝色羽毛的鸟，鸟叫了一声，警报声开始响起，整个要塞顿时吹起喇叭，打起鼓。卫兵被惊醒了，起来巡视，发现了小王子，便把他送到统治要塞的主人那里。要塞的主人开始审讯伊凡。

"我是沙皇的第三个儿子，叫伊凡。"

"真为你感到羞耻，沙皇的儿子竟然去做贼。"

"那你为什么要把鸟放出来偷我父皇花园里的金苹果？"

"出于对你父皇的歉意，我可以把鸟给你，但是你小偷的名声也会让你国家的人民知道。这样吧，在一个王国的国王那里有一匹金色鬃（zōng）毛的马，你把它牵来给我，作为交换，我把鸟和金鸟笼给你，并替你保守秘密。"

小王子和灰狼

小王子只好答应了①。他找到灰狼，告诉它事情的全部经过。灰狼对小王子说不要灰心，它会带他去找金色鬃毛的马。灰狼再次带着小王子飞奔，不知道过了多久，他们到达了目的地——另一座要塞。

灰狼对小王子说："你爬过墙，不要惊动睡觉的卫兵。走进马房，把马牵出来。"

王子爬进要塞，看到卫兵正在睡觉，他走进马房，牵住了金色鬃毛的马。然而，马蹄声太响了，要塞再次响起了警报声。卫兵醒来，把他抓住，送到这个国家的国王那里②。

这个国家的国王问清了事情的原委，于是对小王子伊凡说："如果你愿意为我效劳，我就原谅你。在一个王国里，有一位公主，你找到她，把她带到我身边来，我就把金色鬃毛的马送给你。"

小王子伊凡去找灰狼，灰狼又安慰了小王子，告诉他不要放弃，并带着他出发去公主所在的国家③。

到了目的地，灰狼告诉小王子："这次你不要去了，我替你去。你赶快顺着原路返回，我很快就能追上你。"小王子伊凡听后，就从原路返回了④。

灰狼跳进公主住的花园，把事情的原委告诉公主，公主说愿意帮助他们。于是，灰狼将公主放到自己的背上就跑了。

小王子正在路上走着，突然见灰狼跑过来，背上还驮着公主。灰狼

---

① "只好"一词，体现了小王子伊凡的无可奈何。
② 小王子伊凡再次被抓。
③ 灰狼一次又一次地帮助小王子伊凡。
④ 灰狼这一次不放心让小王子伊凡去了，决定自己亲自去。

让伊凡也骑在自己的背上，然后向有金色鬃毛马的国家飞奔而去。即将到达目的地时，小王子伊凡开始不停地唉声叹气。灰狼问道："尊贵的王子，什么事让你这么烦恼？"

"亲爱的灰狼，我即将和美丽的公主分开了，你说我怎能不烦恼呢？"王子说道。公主听后，也为即将到来的分别而悲伤，她不愿与王子分开。

"我有个主意，可以让你和公主在一起。请让我变成公主的模样，然后你把我带到国王那里换金色鬃毛的马。"

他们把公主藏在森林的小屋里，灰狼转了一下头，变成了美丽的公主。小王子伊凡带着假公主来见国王。国王非常高兴，于是把金色鬃毛的马送给了小王子伊凡。伊凡骑上马，去森林里找公主，然后带着公主沿着原来的道路走去。

国王和灰狼变成的公主举行了盛大的婚礼。到了晚上，国王把假公主带到卧室，两人刚躺到床上，灰狼就恢复了原貌，国王见到灰狼吓得从床上滚了下来。灰狼趁机溜走了。

灰狼追上小王子伊凡，伊凡在一番思索后对它说："要塞主人的鸟偷食苹果在先，却为了换取这匹金色鬃毛马，反过来要挟我，就这样把马换给他实在可惜。"灰狼听后，想到一个主意，告诉伊凡："你把马和公主藏起来，我变成金色鬃毛的马，你带我去见要塞的主人。"

要塞的主人见到金色鬃毛的马非常高兴，就把偷金苹果的鸟和金鸟笼送给了小王子伊凡，伊凡则按原路返回自己的国家。

唉声叹气（āi shēng tàn qì）：因伤感、烦闷或痛苦而发出叹息的声音。

小王子和灰狼

要塞的主人命人把金色鬃毛的马牵过来,他刚准备上马,马就变成了灰狼。同样地,要塞主人吓得跌倒在地,灰狼再一次趁机溜走了①。

灰狼很快就赶上了小王子伊凡。小王子对灰狼说:"我该跟你告别了,谢谢你。"

"尊贵的王子,先不要说道别的话,我对你还会有用的。"小王子伊凡很纳闷,他所有的愿望都已经实现,灰狼还会帮他什么呢?小王子骑着金色鬃毛的马,带着公主以及偷金苹果的鸟向自己的国家走去②。

到了国界,他们感到累了,就下马躺下来休息。王子和公主刚睡着,他的两个哥哥就来了。他们两手空空,非常嫉妒小王子伊凡拥有珍贵的宝物和美丽的公主,于是他们商量道:"如果我们把弟弟悄悄带到遥远、偏僻的地方,那么宝物和公主就归我们了。"

他们将正在睡觉的小王子伊凡放到一匹马身上,猛挥鞭子,马向远方跑去。然后小王子的两个哥哥带上公主和宝物逃走了。等到小王子醒来时,发现自己骑在马背上,而且到了一个自己完全不熟悉的地方。他一着急掉下了马背,因此受了重伤而昏迷不醒。一只大乌鸦领着一只小乌鸦盘旋在小王子的头顶上。这时,灰狼突然跑来,抓住了大乌鸦和小乌鸦。

"大乌鸦,你去取活水和死水,取来给我,我就把小乌鸦还给你。"灰狼说道。

大乌鸦无可奈何,只好找来了灰狼要的活水和死水。灰狼把死水洒

---

① 灰狼帮助小王子伊凡得到了公主和金色鬃毛的马。
② 这段文字为下文灰狼救助小王子伊凡做了铺垫。

纳闷(nà mèn):疑惑不解。
盘旋(pán xuán):环绕着飞行。

到伊凡的伤口上，伤口很快就愈合了；把活水洒在伊凡的身体上，昏迷的伊凡苏醒了。

"哎呀，我感觉睡了很长时间的觉。"小王子伊凡说。

灰狼告诉了伊凡事情的经过，然后带上伊凡追赶他的两个哥哥。赶上之后，灰狼把小王子的两个哥哥带到很远的地方让他们忏悔，直到他们真心悔过为止。

小王子伊凡再次向灰狼表达谢意，同它道别。小王子伊凡回到家，见到沙皇，把父亲要的偷金苹果的鸟给他，然后把整件事原原本本地告诉了他。沙皇为两个儿子的不端行为感到痛心，觉得给他们点惩罚也是应该的，同时他也为伊凡的勇敢、善良、坚持、明辨是非以及带来的公主和宝物开心。不久，伊凡和公主结了婚，两人过上了幸福的生活①。

① 在灰狼的帮助下，小王子伊凡和公主过上了幸福的生活。

聪明的小牧羊人

人物介绍
- 名称：小牧羊人
- 职业：牧羊人
- 特点：很会惹是生非
- 特征：又瘦又小

主要事件
- 起因：小牧羊人受到诅咒，去寻找美女巴格丽娜解除诅咒
- 经过：小牧羊人克服困难寻找美女巴格丽娜
- 结果：小牧羊人和美女巴格丽娜幸福地生活在一起

故事梗概

小牧羊人受到了诅咒，历经千辛万苦去寻找美女巴格丽娜解除诅咒，最后他找到了美女巴格丽娜，两个人幸福地生活在了一起。

从前，有一个小牧羊人，他又瘦又小，喜欢惹是生非①。有一天，他去放羊，路上遇到一个卖鸡蛋的农妇，这位农妇头顶一个竹篓，里面装满了鸡蛋。小牧羊人从地上捡起一块石头，朝着竹篓扔了过去，石头不偏不倚掉进了农妇的竹篓里，把鸡蛋全部打碎了。这个无辜的农妇非常气愤，冲着他大喊："你无缘无故把我的鸡蛋打碎，我诅咒你永远都长不大，除非你能找到在三个会唱歌的苹果里住着的美女巴格丽娜②。"

诅咒生效了，小牧羊人自此再也没有长大，身体还越来越瘦，妈妈用心照顾他，他反而变得更小了。妈妈感到很奇怪，于是问他："你怎么了，是不是惹得什么人诅咒你了？"

小牧羊人支支吾吾，不肯告诉妈妈实情，他被妈妈逼问了好几次，才吞吞吐吐地告诉了她农妇的事，小牧羊人皱着眉头，说："我猜是因为她的诅咒，所以才长不大。"

"农妇诅咒你什么？"

"诅咒我永远长不大，除非找到在三个会唱歌的苹果里住着的美女巴格丽娜③。"

小牧羊人的妈妈思考了一会儿，知道事情已无法挽回，除非儿子找

---

① 交代小牧羊人喜欢惹是生非，为下文埋下伏笔。
② 无辜的农妇非常气愤，诅咒小牧羊人，并指出解除诅咒的方法。
③ 诅咒起了作用，在妈妈的逼问下，小牧羊人才告诉了妈妈实情。

诅咒（zǔ zhòu）：原指祈祷鬼神加祸于所恨的人，今指咒骂。
吞吞吐吐（tūn tūn tǔ tǔ）：形容有顾虑，有话不敢直说或说话含混不清。

聪明的小牧羊人

到农妇口中的美女巴格丽娜,于是就劝小牧羊人出门寻找巴格丽娜。小牧羊人答应了,和妈妈告别后,他来到一座桥上,看到有一个小个子的美女正在一个核桃壳里荡秋千。

"来的是谁?"小个子的美女问眼前的陌生人。

"是朋友。"

"拉起我的眼皮让我看看你是谁。"

"我正在寻找美女巴格丽娜,她住在三个会唱歌的苹果里面,你有她的消息吗?"

"没有,不过我可以送你这块石头,以后一定能帮你大忙的[①]。"

小牧羊人向小个子的美女道了谢,继续往前走。走到另外一座桥上,看到另外一个小个子的美女正在鸡蛋壳里。

"来的是谁?"

"是朋友。"

"拉起我的眼皮让我看看你是谁。"

"我正在寻找美女巴格丽娜,她住在三个会唱歌的苹果里面,你有她的消息吗?"

"没有,不过我可以送你这把象牙梳子,以后一定能帮你大忙的[②]。"

小牧羊人向她道了谢,收起梳子,继续往前走。

---

① 第一个小个子的美女送给了小牧羊人一块石头,暗示这块石头应该有着神奇的用途。
② 第二个小个子的美女的话为下文做了铺垫。

他经过一条小溪，溪水很急，溪上弥漫着一层水雾，一个陌生人正拿着袋子装雾气。小牧羊人走过去问他美女巴格丽娜的消息。这个人听后摇摇头，说不知道，但是他把装好的一袋雾气送给了小牧羊人。

"收下吧，以后一定能帮你大忙的①。"

小牧羊人向他道了谢，继续往前走。这次他路过一个磨坊，磨坊的主人是一只会说话的狐狸。小牧羊人向他打听美女巴格丽娜的消息，狐狸说："你问对人了，我知道美女巴格丽娜，虽然她很难找到，不过可以试试。沿着这条路一直往前走，看到哪家开着门的房间就走进去，房间里有一个挂了很多小铃铛的水晶鸟笼，鸟笼里有很多会唱歌的苹果。你必须拿到鸟笼，但是切记，那里有一个老太太，她睡觉的时候睁开眼，醒着的时候闭上眼②。"

往前走了一会儿，小牧羊人找到了狐狸说的房间，一进门就看见老太太双眼闭着，知道她醒着。老太太看到来了一个陌生人，对他说："小伙子，做做好事，看看我的头上是不是有虱子。"

小牧羊人只好走过去帮老太太捉头上的虱子。过了一会儿，老太太的眼睛睁开了，小牧羊人知道她已经睡着了。于是他趁机抱住旁边的水晶鸟笼，拔腿就跑③。

① 这袋雾气到底会起到什么作用呢？
② 狐狸的指引让小牧羊人看到了希望，同时也让我们感到寻找美女巴格丽娜困难重重。
③ "趁机"一词，生动形象地写出了小牧羊人的机灵和动作的敏捷。

弥漫（mí màn）：（烟尘、雾气、水等）充满；布满。
磨坊（mò fáng）：磨面粉等的作坊。也作磨房。

聪明的小牧羊人

鸟笼上的小铃铛发出"叮铃叮铃"的声音，惊醒了老太太，她立刻派了一百名骑着快马的骑士去追。小牧羊人回头，看到快马已经逼近，慌乱中从口袋里摸出那块石头，并抛了出去。奇妙的是，石头落地之后变成了一座大山，满是岩石和沟壑。很多马被石头和沟壑绊倒，腿也被折断了。骑士们无法继续前进，只好走着回去告诉老太太他们的经历①。

老太太不甘心，又派了两百匹快马。这次两百匹快马安全地绕过了大山，眼看就要追上小牧羊人了，小牧羊人慌忙把象牙梳子抛了出去，梳子落到地上变成了一座光滑的山，马走在山上，蹄子打滑，结果全被摔死了②。

老太太又派出三百匹快马，这次小牧羊人把口袋里的那袋雾气放了出去，他身后变成一片昏暗，让马匹迷失了方向③。

小牧羊人跑累了，感到口渴，就取出了鸟笼里的苹果，准备切开吃。突然，他听到一个轻柔的声音："你慢点切，不要伤到我了。"

小牧羊人慢慢切开苹果，吃了一半，把剩下的一半放回了口袋，然后带着苹果回到老家附近的一口井旁。当他再次想吃苹果，用手去掏剩下一半的苹果时，掏出来的竟是一个娇小的美女。

① 照应前文，第一个小个子的美女给的石头帮助他拦住了追赶他的骑士。
② 第二个小个子的美女给的梳子变成了一座光滑的山，摔死了追赶他的两百匹快马。
③ 梳子、石头、雾气都起到了作用，接下来是不是应该找到美女巴格丽娜了？

沟壑（gōu hè）：山沟。

"你是谁?"

"我是美女巴格丽娜,我想吃米糕,你去给我找一块,我饿极了。"

小牧羊人把美女巴格丽娜放在井口的盖子上,让她安心等待,他找到米糕很快就回来。这时,一个叫丑奴的女仆像往常一样来井边打水,看到小个子美女巴格丽娜坐在井盖上,丑奴嫉妒极了,生气地说道:"你这么小却这么漂亮,我这么大却这么难看,太不公平了。"

说完,丑奴一把抓起美女巴格丽娜,打开井盖,把她扔进了井里。

小牧羊人返回井旁,发现美女巴格丽娜不见了,便四处找,找了很久也没有找到,伤心极了①。

有一天,小牧羊人的妈妈来到井边打水,打上来的水里面有一条鱼。她把鱼带回家,用锅煎了鱼给家人吃,家人吃了鱼,把鱼刺扔到窗外。在扔鱼刺的那个地方长出了一棵树,树越长越高,枝繁叶茂,把小牧羊人的家遮得严严实实,阳光都照不进来②。于是小牧羊人砍倒树,将树劈成木柴,带回家烧火做饭。

后来,小牧羊人的妈妈去世了,他开始独自生活。丢失了美女巴

① 事情总是不尽如人意,小牧羊人回来了,美女巴格丽娜却不见了,小牧羊人的伤心和焦急可想而知。
② 鱼刺竟然如此神奇,能够长出一棵枝繁叶茂的树,为什么吃了鱼的小牧羊人却还是长不高呢?

嫉妒(jí dù):忌妒。对才能、名誉、地位或境遇等胜过自己的人心怀怨恨。

聪明的小牧羊人

格丽娜,小牧羊人依旧没有打破诅咒,他的身体还是像以前一样又瘦又小,一直都长不大。小牧羊人每天天一亮就出去放羊,很晚才回家。

有一天,小牧羊人提前回家,发现早上丢下的脏盘子、脏碗已经被洗得干干净净,他感到非常纳闷,于是他藏在房间一个隐蔽的地方,想看看是谁帮他做的这些家务。只见一个娇小的美女从柴垛里走出来,继续为他打扫卫生,铺床叠被。等家务做完了,她打开橱柜,取出一块米糕来吃。牧羊人看到这一幕慌忙从隐蔽的地方跳了出来。

牧羊人问:"你是谁?你是怎么进来的?"

"我是美女巴格丽娜,"姑娘说,"就是你在口袋里的半个苹果里发现的那个人。"

"我被一个高大的女仆扔进了井里,变成一条鱼,后来被你妈妈捞了回去。接着我又变成鱼刺,被扔到了窗外。我又由鱼刺变成了一棵树的种子,长成了一棵大树。再后来我又被你劈倒,变成柴火。每天,等你一出门放羊,我就变回美女巴格丽娜①。"

小牧羊人终于找回了美女巴格丽娜,他的身体开始一点一点长大,美女巴格丽娜也跟着他一起长。很快,他就长成一个高大英俊的小伙子。朝夕相处让两人日久生情,不久后,两人举行了盛大的婚礼,从此在一起幸福地生活。

① 美女巴格丽娜向小牧羊人讲述自己跟他分开后的经历,同时也让我们明白鱼刺能够变成树并长得枝繁叶茂的原因。

英俊(yīng jùn):容貌俊秀又有精神。

| 图说欧洲民间故事 |

盐矿里的金戒指

主要人物
- 名称：金
- 身份：匈牙利国王贝拉四世的女儿
- 性格特点：善良、真诚、乐于助人

次要人物
- 名称：贝拉四世
- 身份：匈牙利国王
- 特点：慈爱

故事梗概

匈牙利国王贝拉四世的女儿嫁给了博尔科公爵，并带去了丰厚的嫁妆。这位公主向自己的父亲要了一个盐矿，并把自己的戒指投进了盐矿里。出嫁后，她没有想到竟然在博赫尼亚发现了和自己家乡一样的岩盐，还在里面找到了自己的戒指。

盐矿里的金戒指

这简直像是神话里的婚礼,年轻英俊的公爵和美丽超群的公主结婚了。

博尔科公爵是莱舍克·比亚维公爵和格日米·斯瓦娃公爵夫人的儿子。公主名叫金,是匈牙利国王贝拉四世的女儿[①]。

公主住在隔山隔水的遥远的地方,住在蔚蓝色的多瑙河河畔美丽而富有的国度里。那儿生长着庄稼和甜蜜的葡萄,用这种葡萄可以酿造出世界知名的葡萄酒。匈牙利的土地里还蕴藏着黄金、白银以及珍贵的岩盐,岩盐比用海水熬出来的盐更白,能给各种菜肴增添滋味。

寒冷的冬夜,外面月光下的一切都被冰雪覆盖,而宫殿里宽敞的房中炉火正旺。壁炉前面,博尔科公爵坐在一张铺了熊皮的槲(hú)木矮凳上,望着红色的火焰。离他不远的地方,两位尊贵的夫人坐在雕花靠背的舒适椅子上。她们身穿及地长裙,头上罩着柔软的白纱巾,纱巾披到肩头,像框子似的围住她们的面庞。她们的额头上戴着纤细的、黄金镂刻的发箍,发箍上还饰有晶莹的珍珠和蓝宝石,这些发箍是最著名的金银首饰匠人的作品。为了表明两位贵妇人的皇家身份,她们手上戴有同样美丽的戒指[②]。此时,她们的双手都在忙碌着。她们一个在纺细毛线,另一个正在绣花。两位贵妇人各自在忙自己的活计,都没说话。还是其中年轻的那位——博尔科公爵的姐姐,黑眼睛的莎罗美公爵小姐首

---

① 开篇介绍故事中两个主要人物的身份。
② 细节描写。以此说明两位夫人身份的尊贵。

蕴藏(yùn cáng):蓄积而未显露或未发掘。
菜肴(cài yáo):经过烹调供下饭下酒的蔬菜、蛋品、鱼、肉等。

先开了口。她来看望母亲格日米·斯瓦娃公爵夫人，也是为了向她介绍匈牙利公主，谈谈她的美丽、善良和聪慧。

年轻的公爵低垂着眼睑听她们谈话。他羞于向姐姐提出什么问题。

公爵夫人瞥了女儿一眼，点了点头，低声说："亲爱的莎罗美，那就是说，你认为应该派遣了解匈牙利宫廷习俗的大臣去向公主求婚？"

莎罗美公爵小姐的脸上漾起了笑意："正是！假若我能看到这桩婚事成功，该是多么幸福啊[①]！"

于是，在1239年的早春时节，道路干到勉强可以通行的程度时，有两位大贵族作为波兰公爵的媒人到匈牙利去向公主求婚。他们是总督克里蒙特和克拉科夫省长雅努什，他们带着骑士和随从前往匈牙利的王宫，他们的使命既体面又重大。

与此同时，有关年轻公爵优秀品质的信息——他的高尚品格、文化修养和良好习惯等早已传到了匈牙利王宫中，尤其值得称道的是，他出身于名扬欧洲的比亚斯特王族。因此，匈牙利国王极其乐意将他的幼女许配给博尔科公爵，于是答应两位媒人，这年秋天就让公主嫁到波兰[②]。

克里蒙特总督和雅努什省长带着吉祥的消息回来了，而匈牙利王宫正在为公主出嫁做准备。这可不是一般的嫁妆。除了四万银币这个在当时不算小的数目外，不久以后，还会有装满各种珍稀物品的大车远涉重关向克拉科夫驶去。大车上有装有锦缎、金丝绒衣裙和用金线刺绣并

[①] 公爵夫人和她的儿女讨论婚礼的事情，年轻的公爵有些害羞。

[②] 博尔科公爵品质优秀的消息传到了匈牙利王宫中，匈牙利国王极其乐意将他的幼女许配给博尔科公爵。

盐矿里的金戒指

缀有珍珠宝石的服饰的箱笼,有挂毯、幔帐,有多得数不清的银盆、银罐,还有许多金器、珍宝①。

匈牙利国王贝拉四世在为他心爱的女儿准备丰厚的妆奁时丝毫不吝惜自己的财富,只是不停地询问她想要什么嫁妆,想把什么带到她未来的国家去。

金公主一边感谢父王的好意,一边笑着摇头,说她再也不想要什么,因为他已经给得太多了②。但是有一天,前来迎亲的波兰贵妇中,有一位在进餐的时候注意到餐桌上的盐细得出奇,白得出奇,不胜惊讶。贵妇在回答公主的问话时说,这必需的调味品在波兰完全不是这种样子的,波兰的盐又黑又粗。她还开玩笑地说,公主既然习惯了这种白盐,至少应该随身带两大车去。

金公主听到这个玩笑非但没有笑,反而发起愁来。"怎么?"她问,"你们那里的人用黑盐烧菜?"

也许正是由于这个原因,几天后,当她父王陪同波兰客人去参观新盐矿的时候,金公主跑到他面前,请求父王把她也带去参观③。

"盐矿跟你有什么关系?"父亲问,"难道是因为你要离别故乡,想再去看看故乡的山水?"

① 匈牙利国王贝拉四世为他心爱的女儿准备了丰厚的妆奁。
② 这里说明金公主是一个不贪婪、不骄纵的人。
③ 说明金公主细致入微,将波兰贵妇的一席话语记在了心间,没有当作玩笑一笑置之。

妆奁(zhuāng lián):①女子梳妆用的镜匣;②借指嫁妆。
吝惜(lìn xī):过分爱惜,舍不得拿出(自己的东西或力量)。

"看看？"金公主笑了笑，"当然，我想看看。不过，父王，我还有个请求……"

就在这时，仆人牵来了坐骑，国王没有弄清她的请求。直到他们站到马尔漠龙什斯卡盐矿的矿井边上时，国王才想起问她："你还有个什么请求，金？"

"我想要一个盐矿，这个矿。"她说着用手在满是矿井的地面上方画了一个大圈。

"盐矿？"国王饱含惊讶的语调使公主笑了起来。

"您不会拒绝我吧，父王？"她又戏谑地补充说，"我想把它作为嫁妆带到波兰去，我想……"

她神态庄重地接着说："我想把最有用的东西赠送给即将成为我的子民的人们。没有盐的食物有什么价值呢？如果盐在那儿很贵，那么穷人是买不起的，因此我想带盐过去①。"

随后，她便从手指上摘下镶有跟匈牙利葡萄酒一样红的宝石的金戒指。根据古俗，公主把戒指投进了矿井里，就表明这矿井为她所有。

"既然我的女儿用这种方式把矿井据为己有，"国王和颜悦色地说，"那它就是你的了，你甚至可以把整个盐矿带走。"

"整个矿我自然是带不走，尽管我确实希望能带走它，但我可以用袋子装满我们的白盐，能带多少带多少。"公主决定了。这样一来，在远涉重关的装满各种珍稀物品、金银财宝的大车队后面，又加上了装盐

① 公主想把最有用的东西赠送给即将成为她的子民的人们，体现了公主的善良。

的大车。

所有的大车都到达目的地之后,1239年的深秋时节,金公主嫁到克拉科夫。那时便举行了正如人们所说的——神话般的婚礼。婚宴摆了十二天,人们依然看不够新娘的秀色。有人说,天使肯定就是她这副模样,没有一个人反驳这种说法。又怎能反驳呢?她身材颀长,如亭亭玉立的白杨,穿着白色的缀满珍珠和银线的长衣裙,黑头发,蓝宝石般的眼睛,善良而真诚地朝众人微笑①。

金公主和公爵新婚的日子过去之后,却遇上了鞑靼进攻。成为公爵夫人的金来到最贫穷的人们中间,关心他们,帮助他们。大家也像爱自己的亲人一样爱她。

鞑靼进攻的苦难日子终于过去了。国家生活逐渐转入正轨,人们开始重建房屋,重新耕耘的土地也开始有了收成。公爵夫人金带着少量随从,骑马视察克拉科夫附近的地方,给人们送去各种物资和救援。她连自己身上的外衣也愿意脱下来送给穷人御寒②。

有一天,她来到博赫尼亚。事也凑巧,恰好是在这一天,那里的矿工在坚硬的矿层上首次挖掘到了白色的岩盐。

"就是说跟马尔漠龙什斯卡盐矿的盐一样对吧?"公爵夫人高兴

---

① 这段文字突出了公主的美貌,体现了公主的善良和真诚。
② 金连自己身上的外衣也愿意脱下来送给穷人御寒,这是多么善良的一位公主啊。

鞑靼(dá dá):①古时汉族对北方各游牧民族的统称。明代指东蒙古人,住在今内蒙古和蒙古国的东部。②俄罗斯联邦的一个民族。
耕耘(gēng yún):耕地和除草,泛指农田耕作。

地说。

"大概是一样的，"随从的大臣看到首次挖出来的盐说，"丝毫不差，完全一样。"他们还想谈论这盐，毕竟这是无比重要的发现，就在这时，从矿井深处走出一个带着一大块盐的矿工。他捧在手上的盐块如同一大块珍贵的水晶石那样闪闪发光①。

"你们把它打碎，让我们尝尝它的味道！"克拉科夫的省长说道。公爵夫人金正想说打碎了可惜，但是已经晚了。矿工一锤子下去，盐块裂成了碎片。这时大家看到，在盐块的小碎片中间，躺着一枚小小的金戒指，上面镶着一颗红宝石。

"这是我的戒指！"公爵夫人金激动得面色绯红。她想起，正是她把这枚戒指投进了匈牙利土地上的马尔漠龙什斯卡盐矿里的。她把这枚

① 运用比喻的修辞手法，把盐块比作一大块珍贵的水晶石，体现了盐的珍贵。

绯红（fēi hóng）：鲜红。

盐矿里的金戒指

戒指放在手心，默默地站立了良久。站在她身旁、也在默默思考这件奇事的随从中，有些大臣和贵族骑士，在许多年前，当她把戒指投进自己父母之邦的矿井时，恰好也伴随在她左右①。

这就是那个关于被称为羞怯公爵博尔科的夫人金和博赫尼亚盐矿的神奇故事。

① 照应前文，公主把戒指投进了匈牙利土地上的马尔漠龙什斯卡盐矿里，没想到这个盐矿真的跟着她来到了波兰。

羞怯（xiū qiè）：羞涩胆怯。

灰额猫、山羊和绵羊

图说欧洲民间故事

- 主要人物
  - 名称：灰额猫
  - 特点：聪明、勇敢
  - 名称：山羊和绵羊
  - 特点：友爱、宽容、软弱

- 主要事件
  - 起因：灰额猫偷酸奶油被主人打，酸奶油没有了，主人决定宰杀山羊和绵羊款待客人
  - 经过：灰额猫、山羊和绵羊在逃跑中战胜灰狼
  - 结果：它们继续上路

故事梗概

　　灰额猫、山羊和绵羊逃出主人家，它们凭借着灰额猫的智慧战胜了灰狼。

灰额猫、山羊和绵羊

很久以前,在一个农家院子里,住着一只山羊和一只绵羊。

它们在一起很友爱,就是得到一把干草,也要平分,从来不因食物而争斗①。

它们在院子里很守规矩,很少受到主人的**惩罚**。

但主人总是打猫,因为那只猫经常偷吃东西,如果有什么东西没放好,它就肚子难受,总想偷吃②。

有一天,山羊和绵羊趴卧着谈心,那只猫忽然跑来了,它是一只有灰色前额的猫,平时"喵喵"地叫个不停,可是这个时候它哭得很伤心,嘴里还在不停地诉着苦。

山羊和绵羊问它:"亲爱的灰额猫,你怎么哭得这么伤心呀?你的腿怎么了?怎么只用三条腿走路呢③?"

灰额猫停止了哭泣,对山羊和绵羊说:"狠毒的女主人今天把我狠狠地打了一顿,她割破了我的耳朵,打伤了我的腿,还要绞死我呢!"

"你犯了什么过错,她要这样对待你呢?"

"她这样对待我,是因为我偷吃光了酸奶油。"灰额猫说着又哭了起来。

"亲爱的灰额猫,你又哭什么呢?"

"狠毒的女主人打了我一顿后还说,朋友马上要来家里做客了,

---

① 介绍了山羊和绵羊非常友爱,和平相处。
② 交代主人总是打猫的原因。
③ 一连串的发问,体现了山羊和绵羊对灰额猫的关心。

惩罚(chéng fá):惩戒;责罚;处罚。

可是家里的酸奶油没有了,怎么办呢?只好宰杀山羊和绵羊来款待客人了[①]。"

山羊和绵羊听了,都生气地指责灰额猫在闯了大祸的同时,还害得它们也被判了死刑,它们要把灰额猫顶死。

灰额猫急忙向它们认错,请求它们饶了它。

山羊和绵羊见灰额猫言辞恳切,也就不再和它计较了[②]。

不过,它们三个必须马上想个办法保住性命,就在一起商议起来。

"喂,二哥。"灰额猫对绵羊说,"你的脑门儿不是很结实吗?你一直是个顶架的好手,你去顶顶院门吧,看看能不能顶开。"

绵羊后退了几步,助跑后,向前用力一顶,紧关的院门晃了晃,可是没有被顶开。

"喂,大哥。"灰额猫又对山羊说,"你的脑门儿不是更结实吗?每次和别的羊顶架,你总是赢,这回你试试看,能不能顶开院门[③]。"

山羊也后退了几步,助跑后,向前用力一顶,紧关的院门被顶开了。

门外的田野上,晨雾弥漫,草地向远方延伸,一望无际。

山羊和绵羊向前跑着,灰额猫跟在它们后头,用三条腿跳跃着前进。

---

① 灰额猫诉说了自己哭的原因,同时也交代了山羊和绵羊此时的处境。
② 山羊和绵羊原谅了灰额猫,可见它们的心胸宽广。
③ 灰额猫善于发现别人的优点,并善于激励别人。

灰额猫、山羊和绵羊

灰额猫跑累了，恳求两个刚认的哥哥："山羊大哥，绵羊二哥，别把小弟丢下了呀！"

山羊驮起累瘫在地上的灰额猫，让它骑在自己的背上①。

它们走了好久好久，不管白天黑夜，只要还有一丝力气，它们就迈步向前。

这时，它们走到一处十分陡峭的山坡上，找到了一个可以容身的地方。

陡坡下面，是一片收割了的田野，上面竖立着许多干草堆，使整片田野看起来像座城市。

山羊、绵羊和灰额猫决定停下来休息。这时已经深秋了，夜晚很冷，在山上露宿没有火是不行的，可是，到哪儿去取火呢？

山羊和绵羊在一起想着取火的办法，它们还没想出来，灰额猫已经把白桦树的树皮抱回来了②。

灰额猫牵拉着山羊的角，让它和绵羊互撞前额。

山羊和绵羊用力一撞，撞得火花从双角里冒了出来，白桦树的树皮就被点着了。

它们生起了火后，坐下来烤火。

它们的身子还没有烤暖，身后就传来了脚步声，回头一看，来了一

---

① 在逃跑的过程中，山羊和绵羊还在帮助受伤的灰额猫，体现了它们之间的友爱。
② 灰额猫很聪明，在山羊和绵羊还在想着取火方法的时候，它已经行动起来。

陡峭（dǒu qiào）：（山势等）坡度很大，直上直下。

只大熊。

大熊对它们说:"我想在火堆旁取暖,休息一下可以吗?我已经筋疲力尽了。"

"跟我们一起烤火取暖吧,熊大哥!你从哪里来呀?"

大熊坐下来说:"我去偷吃蜂蜜,和养蜂人打了一架。"

就这样,它们四个计划一起度过秋天的这一长夜。大熊在干草堆下面睡觉,灰额猫睡在草堆上面,山羊和绵羊睡在火堆旁边①。

它们刚入睡不一会儿,忽然来了七只灰色的狼。不,是八只狼,第八只狼浑身是白色的。

山羊和绵羊见狼来了,吓得哆嗦着,咩咩地直喊救命②。

灰额猫一点儿也不害怕,勇敢地站出来,发表自己的意见和建议:"尊敬的白狼大王,您要是想与我们兄弟比武的话,我们愿意奉陪。可是您可千万别惹怒了我们的山羊大哥,它脾气不好,一旦发怒了,谁都免不了要遭殃!您看见它那把胡子了吗?那里面可蕴藏着无限的能量,它与野兽搏斗时,就用那把胡子作武器,不知杀了多少野兽。至于它的尖角嘛,只是备用武器,主要是用来剥野兽的皮。我看您还是恭敬地走上前去,向它问候一下,您可以对它说'我们只想和你的小弟

---

① 它们帮助了大熊,队伍壮大起来了。
② 山羊和绵羊遇到危险惊慌失措。

筋疲力尽(jīn pí lì jìn):形容非常疲劳,一点儿力气也没有了。
哆嗦(duō suo):因受外界刺激而身体不由自主地颤动。
遭殃(zāo yāng):遭受灾殃。

灰额猫、山羊和绵羊

玩玩儿、比比力气,尤其是躺在草堆下面的那位'①。"

这群狼觉得灰额猫说的话有道理,朝山羊鞠躬致意,然后转身将大熊围住,故意惹怒它,要与它较量一下。

大熊见狼的数目多,就努力克制住自己,一步步退让,最后它被迫伸出两只大手,抓起两只狼来,一手一只。

别的狼看到这位小弟竟有这么大的力量,都吓坏了,立即一哄而散。

那两只被抓的狼,费力地挣脱出来,也夹着尾巴逃走了。

山羊和绵羊趁着狼群攻击大熊的时候,就已经护着灰额猫跑到了森林里。

过了一会儿,它们又碰到了几只灰狼。

灰额猫快速地爬上了一棵枞树,一直爬到树顶。

山羊和绵羊也用前腿勾住枞树枝,挂在了树上。

几只灰狼站在枞树下面,流着口水盯着它们。

灰额猫见形势危急,就采取主动进攻的策略②。

它从树上拿枞树的果实扔向那些灰狼,说:"一只灰狼,两只灰狼,三只灰狼,这几只灰狼都给哥哥吃,我还饱着呢,因为我刚才一口气吃了两只狼,连根骨头都没剩!大哥,你刚才说要捉几只熊来当

---

① 灰额猫在危难时刻,勇敢地站出来,它的一番话麻痹了这群狼,将狼群引向了能对付它们的大熊,也为它们的逃跑赢得了时间。
② 危险再次来临,灰额猫依旧临危不惧。

一哄而散(yī hòng ér sàn):形容聚在一起的人一下子吵吵嚷嚷地走散了。

早餐,我看不用去捉了,把这几只灰狼吃了吧,我应得的那一份也给你吃!"

它才说完,山羊挂在树上的腿一松,用羊角对准灰狼的姿势倒摔下来。

灰额猫大声喊着:"捉住它们!"

这些灰狼吓得头也不回地四散逃窜,转眼就没影儿了。

灰额猫、山羊和绵羊继续向前走去……

列那狐偷鱼

- 主要人物
  - 名称：列那狐
  - 特长：装死
  - 性格特点：聪明、爱孩子、爱家庭

- 主要事件
  - 起因：列那狐一家人挨饿，列那狐去寻找食物
  - 经过：列那狐装死骗过鱼贩，成功上了鱼车
  - 结果：列那狐偷鱼成功

故事梗概

　　列那狐一家没有了食物，列那狐出去找吃的，它看到了一辆拉鱼的车，便装死骗鱼贩把它扔到了鱼筐边，列那狐把鳗鱼串成项链挂在脖子上，成功逃脱。

那天天气很冷,天色阴沉沉的。

列那狐在家里呆呆地看着那几个已经空了的食橱①。

列那狐的夫人艾莫丽娜坐在椅子上,愁眉苦脸地摇着头。

"什么也没有了!"它忽然说,"我们家里什么吃的也没了!"

"饿着肚子的小家伙们快回来了,它们吵着要吃饭,我们该怎么办呢?"

"我再出去碰碰运气!"列那狐说着长叹了一声,"可是,季节不好,我真不知道该上哪里去②。"

它还是出去了,因为它不愿意看到妻子和孩子们哭泣,它只好准备跟正要到来的敌人——饥饿作一场斗争了。

它沿着树林缓慢地走着,东瞧瞧,西望望,想不出任何寻找食物的办法。

它就这样一直走到一条被篱笆隔开的大路上。它垂头丧气地坐在路上,刺骨的寒风猛吹着它的皮毛,抽打着它的眼睛,它陷入了恍惚的沉思之中……③

忽然一阵大风刮过,从远处飘来一股诱人的香味,这香味一直飘到列那狐的鼻子里。

① "呆呆地"运用了神态描写,写出了列那狐内心的无奈。
② 列那狐的语言照应了开头的环境,为下文列那狐偷鱼做了铺垫。
③ 恶劣的环境更衬托出列那狐找不到食物的沮丧心情。

篱笆(lí ba): 用竹子、芦苇、树枝等编成的遮拦的东西,一般环绕在房屋、场地等的周围。

恍惚(huǎng hū): 神志不清;精神不集中。

列那狐偷鱼

它立刻抬起头,使劲儿地嗅了几下。

"是鱼的味儿吗?"它想,"这明明是鲜鱼的香味啊!"

"可是,这是从哪里来的呢?"

列那狐纵身一跳,跳到了路边的篱笆旁。

它不但鼻子很灵,耳朵很尖,而且目光也特别敏锐,它发现从远处驶过来了一辆大车①。

毫无疑问,这股诱人的香味就是从这辆大车里散发出来的,因为当大车逐渐走近时,它清楚地看到大车上装的都是鱼。

确实,这是去附近城里鱼市卖鱼的鱼贩,车上的筐子里装满了鲜鱼。

当列那狐馋得流下口水,急不可待地想吃这些鲜美的鱼时,它一秒钟都没有迟疑,脑子里忽然闪出了一条妙计。

它轻轻一跳,越过了篱笆,绕到离大车还很远的大路一端,躺倒在路中间,装出刚刚暴毙的样子:软绵绵的身子,闭着眼睛,伸出舌头,跟断了气一样②。鱼贩们到了它跟前,停下车,以为它真的死了。

"啊?那是一只狐狸还是一只獾?"其中一个鱼贩看到躺着的东西喊了起来。

"是只狐狸!快下车,快下车!"

---

① 这一段起到了承上启下的过渡作用。
② 为了吃到鲜美的鱼,列那狐假装暴毙,迷惑鱼贩。

敏锐(mǐn ruì):(感觉)灵敏,(眼光)尖锐。
暴毙(bào bì):突然死亡

"不是个好东西!不过,它那张皮倒不坏,可以把它剥下来。"

两个鱼贩连忙下车,上前去看列那狐。

这时,列那狐装死装得更像了。

他们捏了它几把,把它翻过来,又抖了抖,这时他们才欣赏到它那身漂亮的皮毛和雪一般洁白的喉部。

"这张皮能值四索尔。"其中一个鱼贩说。

"四索尔不止!起码值六索尔,六索尔我还不一定肯卖呢!"

"把它扔在车上吧!到了城里,我们再来收拾这张皮,卖给皮货商①。"

两人漫不经心地把列那狐扔到了鱼筐边,重新上车,继续赶路了。

你们一定猜得到,这只狐狸在车上笑得多么开心!

它正落在好地方,那里有够它一家人吃的丰盛午餐。

不一会儿工夫,它毫无声响地用锋利的牙齿咬开了一个鱼筐,开始了它的美餐。

一眨眼的工夫,至少有三十条鲜鱼进了它的肚子,即使没作料,它也不在意②。

吃完后,它丝毫不想逃跑,它还要利用这个好机会呢!

① 两个鱼贩的对话体现了他们的贪婪。
② "一眨眼"生动形象地写出了列那狐面对美餐时的迫不及待,同时也突出了它饿得厉害。

索尔(suǒ ěr):古代法国的一种钱币单位。
漫不经心(màn bù jīng xīn):随随便便,不放在心上。

列那狐偷鱼

咔嚓一下，它又用牙齿咬开了另一个鱼筐，那是一筐鳗鱼。

这次，它要为家里人着想了。

它自己只尝了一条，那是为了检查鱼是不是新鲜，以保证家人不会受到伤害。

它巧妙地把几条鳗鱼串起来做成一串项链，挂在自己的脖子上，然后轻轻地从车后滑到了地上①。

它下车虽然很轻，但还是发出了一点儿响声。

赶车人发现那只狐狸已从车上逃跑，正感到莫名其妙、惊讶不已时，列那狐嘲讽地向他们喊道："愿上帝保佑你们，我的好朋友！让皮货商节约六个索尔吧！我给你们还留着一点儿很好的鱼，谢谢你们送给我鳗鱼啦②！"

鱼贩们这才明白，列那狐用计捉弄了他们。他们当即停住大车，去追捕列那狐。

尽管他们跑得上气不接下气，但列那狐还是比他们跑得快。

列那狐很快翻过篱笆，摆脱了鱼贩的追赶。

两个鱼贩万分沮丧，没办法只好重新上了车。

---

① 列那狐巧妙地把几条鳗鱼串起来做成一串项链带走，这是多么聪明的一只狐狸啊。

② 列那狐捉弄了鱼贩，我们能够想象到鱼贩是多么的气急败坏。

鳗鱼（mán yú）：指属于鳗鲡目分类下的物种总称。又称鳝，是一种外观类似长条蛇形的鱼类，具有鱼的基本特征。

莫名其妙（mò míng qí miào）：没有人能说出它的奥妙（道理），表示事情很奇怪，使人难以理解。

列那狐跑着跑着,不一会儿就到了家,与正在挨饿的一家人团聚。

艾莫丽娜带着亲切的微笑走上前来迎接丈夫。

它看到列那狐脖子上挂的这串项链,觉得比任何首饰都华美。它向丈夫表示热烈的祝贺,然后小心地关上了大门①。

列那狐的两个孩子虽然还不会打猎,但早已学会了烹饪技艺,它俩生起了火,把鳗鱼切成小块儿,串在铁钎上烤了起来。

艾莫丽娜则忙着慰劳丈夫,它给列那狐洗脚,还帮列那狐擦洗了它那身被鱼贩们估价为六索尔的漂亮皮毛。

---

① 运用比喻的修辞手法,把鳗鱼比作项链,形象贴切地写出了艾莫丽娜看到食物后内心的兴奋。

烹饪(pēng rèn):做饭做菜。

丢失的小男孩

- 主要人物
  - 名称：小女儿
  - 家境：贫穷
  - 特点：诚实、善良、忠诚

- 次要人物
  - 名称：大女儿和二女儿
  - 家境：贫穷
  - 特点：自私、虚伪

故事梗概

小女儿凭借自己的善良和忠诚挽救了丢失的小男孩，并和他幸福地生活在了一起。

从前有一个很富有的人，他的财产多得难以计算，可是却没有后代来继承他的财产。很多年之后，他的妻子终于怀孕了。到孩子快要出生时，这位父亲做了一个梦，他梦见即将出生的是一个儿子，但是在这个儿子长到十二岁之前，不能让他的身体触地，否则儿子就会丢失①。

妻子真的生了一个儿子，既健康又可爱。主人立即请了九个保姆，并向她们做了严格的规定：在孩子十二岁以前，不能让他的身体触地。

多年来，保姆们忠实地执行着主人的规定。

几天之后，孩子将过十二岁生日，至今为止，连他的脚趾都没有挨过一次地。保姆们不是用手抱着他，便是把他放在金摇篮里②。

主人开始张罗盛大的宴会，以庆祝他心爱的儿子快要从不幸的命运中解放出来。突然，院子里传来一声吓人的狂叫，抱着孩子的保姆出于好奇，也想去看个究竟。好奇会害人！她忘了自己的责任，便把小孩放在了地上，跑到窗前去看热闹。等到喊叫声没有了，保姆回来抱孩子时，却发现孩子不见了。她号啕大哭起来，招得家仆们全跑来看。主人也跑来了，他吓得魂不附体，问道："发生了什么事？孩子在哪儿？"这时全身发抖的保姆才抽泣着把刚才发生的事情说了一遍。主人见他的希望毁于瞬间，感到无比悲伤，立刻派人到各处去找。他们找啊找啊，

① 这个梦是真的吗？假如是真的，他们能做到吗？
② 这个富人生怕自己的儿子丢失，让保姆把孩子照顾得很好。

号啕大哭（háo táo dà kū）：形容大声哭。
魂不附体（hún bù fù tǐ）：灵魂离开了身体。形容恐惧万分。

丢失的小男孩

费尽了心思，可是始终没有找到那个小男孩，仿佛他从来就没到这个世界来过①。

过了一段时间，悲伤的主人注意到，每天半夜时分，在他最漂亮的一个房间里总能听到有东西在隆隆作响，还夹杂着哭诉声。当这种现象一再发生时，他想，会不会是他丢失的儿子呢？他决定好好观察一下。他宣布，谁能到这个房间里过一夜，便奖励谁三百块金币。三百块金币可不是个小数目呀，而对于一个穷人来说就更是一笔大钱啦！好多人都来参加守夜，可是一过十二点钟，房间里便开始隆隆作响，守夜的人都被吓得一跑而空，心想，总不能为了三百块金币而把命送掉吧！因此，连主人也没法知道，到底是谁把房间弄得隆隆作响？谁在哭诉？是他的儿子吗？还是什么怪物？

离这家庄园不远的地方住着一位寡妇和她的三个女儿，她们经营着一家磨坊，孤儿寡母一直在贫困中挣扎着。关于邻居家某个房间里半夜隆隆作响、夹杂哭泣声以及悬赏三百块金币的消息也传到了她们的小木舍里。大女儿对憔悴的母亲说："妈妈，为什么我们生活得这么穷困？我去碰碰运气吧，我去守一夜，兴许能发现什么呢。三百块金币对我们很有用啊！"

母亲摇了摇头，沉思着，然后叹了一口气，最终还是同意让女儿去

---

① 孩子十二岁生日当天，因为保姆的疏忽，把孩子放到了地上，孩子竟然真的丢了。

憔悴（qiáo cuì）：形容人瘦弱，面色不好看。

了①。

寡妇的大女儿来到邻居家,说她愿意去这个房间里过一夜。

"你敢试?"主人问道,"好吧,姑娘,碰碰运气吧!"

"我去试试,但是劳驾您先给我一点吃的,我饿极了。"姑娘请求道。

主人连忙叫人送来食物。姑娘挑了些吃的,拿了些烤火的木柴,又点上一支蜡烛,然后就到那房间里去了。她点燃了房里的壁炉,架上一个小罐,摆好了桌子,铺好床,干着活儿时间很快就过去了。

还没等她转过身来,已经是半夜十二点了。房间里立刻响起隆隆声和哭诉声。姑娘心惊胆战地从这个角落看到那个角落,可是什么也没看见,只有响声和哭声。

突然,一切声音都消失了,一个英俊的少年出现在她的面前,亲切地问她:"你给谁准备的饭?"

"给我自己呀!"姑娘回答说。英俊的小伙子听了感到十分忧伤。他以悲戚的目光凝视着她,过了一会儿又问道:"你为谁摆好了桌子?""给我自己呀!"姑娘回答说②。英俊的少年更显忧伤了,他那蓝色的眼睛里噙着泪水。"你给谁铺的床?"他最后问道。"给我自己

---

① 其他人都不敢在这个房间里过一夜,这个贫困人家的大女儿想要这样做,体现出这个大女儿的勇敢,同时也反映出这家人的贫困。

② 运用语言和神态描写,体现了这位英俊的小伙子的忧伤,同时也体现了大女儿的自私。

心惊胆战(xīn jīng dǎn zhàn):形容非常害怕。
悲戚(bēi qī):悲痛哀伤。

呀！"姑娘像头两次一样回答说。这时英俊的少年泪如雨下，绝望得两手抽搐，消失不见了。

第二天早上，磨坊家的大女儿把夜里听到和见到的一切告诉了主人，但没说少年如何忧伤的事。主人遵守诺言给了她三百块金币，并为得到这么多消息而感到高兴。

第二天夜晚，磨坊家的二女儿来请求在这间房里过夜，她也要了些当晚餐的食物，像姐姐一样，她点燃了壁炉，架上了罐子，摆好饭桌，铺好床，等着半夜来临。少年同样出现在她面前，问她给谁准备的饭、给谁摆好的桌子、给谁铺的床。她也是回答说为自己、为自己、为自己。就像姐姐告诉她的那样，少年像头天夜里一样伤心痛哭，绝望至极，转眼间便消失不见了。二女儿也把夜里听到和见到的一切告诉了主人，同样没有向主人透露那少年是如何因她的回答而感到忧伤这一点。二女儿也得到了三百块金币[①]。

第三天，寡妇的小女儿说："亲爱的姐姐，你们的运气这么好，都得到了三百块金币，今晚让我也去碰碰运气吧！"母亲最疼爱小女儿，既然两个大女儿都平安无事，就让她去吧！

小女儿也和两个姐姐一样，先请求去那间房里过夜，然后带上食物，收拾收拾所需要的东西便进去了。她点上壁炉，架上罐子，摆好

[①] 大女儿和二女儿都没有向主人透露那少年是如何因她们的回答而感到忧伤这一点，在她们看来，得到钱比什么都重要。

抽搐（chōu chù）：指四肢、躯干与颜面骨骼肌非自主的强烈收缩或抽动，可引起关节运动、甚至窒息。

桌子，铺好床，怀着恐惧和希望的心情等着半夜来临。突然，钟声响了十二下，房间里又是闹又是哭的，小姑娘从这个角落瞟到那个角落，什么也没见到，到处空空荡荡的，只有隆隆巨响和悲惨的哭声。突然，一切声音都消失了。一位英俊的少年站在小姑娘面前，亲切地问她："你给谁准备的饭？"姐姐们曾经告诉过她怎么回答，可是当姑娘看了这美丽的少年一眼，她心里想："我要是回答些别的话，应该也不至于坏事吧！""你给谁准备的饭？"少年性急地追问着。"给我自己呀，不过如果你愿意的话，也给你。"姑娘回答说。少年的眉头顿时舒展开来。"你给谁摆的桌子呢？""给自己，但是你要是愿意的话，也给你。"

一丝淡淡的微笑掠过少年的面颊，"那你的床又是给谁铺的呢？"他第三次问道。"给我自己，但假如你乐意，也给你。"变得快乐起来的少年拍了一下手说："你真好，你这一切也是为我准备的！请稍等一下，我还得去和那些至今一直关心我的恩人告别①。"

一股暖风吹进房间，房子正中间开了一道无底缝隙，少年慢慢向下走去。姑娘想知道他去哪里，便抓着他的衣服后摆，一起走了下去。

一个新的世界展现在他们面前，右边流淌着三条金河，左边竖着一座座金峰，中间是一片绿色的草坪，上面开满了五颜六色的鲜花。少年径直朝前走去，小姑娘悄悄地跟在他后面，免得被他发现。少年弯腰抚摸着草坪上的花朵，接着来到一座金树林，当他们走到树林跟前，从

---

① 小女儿的回答让这位少年非常感动。

面颊（miàn jiá）：脸蛋儿。
径直（jìng zhí）：表示直接向某处前进，不绕道，不在中途耽搁。

丢失的小男孩

树梢上飞下许多珍奇的鸟儿,唱着迷人的歌,它们围着少年飞来飞去,甚至落到他的肩膀上、头上,少年亲切地同它们说话,每一只他都要摸摸。这时,小姑娘折下一根金树枝,包在头巾里留作纪念。他们走出金树林,来到银山峰间的银树林中。这时,各种各样的动物跑来围在少年的身旁,高兴得又蹦又跳。少年抚摸了每一只动物,同它们亲切地说笑。这时,姑娘悄悄折下一根银树枝,因为她想:"等我把这些情况告诉姐姐们时,谁知道她们会不会相信我去过哪里,看见过什么呢[①]?"

少年和他的患难之交告别之后,沿着原来的小路返回地面。姑娘仍旧跟在少年的后面,拽着他的衣服后摆从深渊回到了开了地缝的房间。地缝立即合拢了。

"我已经回来了,我们可以吃晚饭了!"少年说完,姑娘立即走到炉火前,把煮好的东西端到桌上,他们坐下,吃得很满意。晚饭后,少年又说:"现在我们可以躺下休息了!"他们美美地躺在铺好的床上,姑娘把带回来的金树枝、银树枝隔在他们两人中间。不一会儿,两人都睡着了。

第二天,太阳已经高挂天空,却不见磨坊家的小女儿有一点儿动静。主人已经等得不耐烦了,又等了好大一会儿,他担心是不是发生了什么不幸的事情,于是前去看看她究竟出了什么事。当他打开房门时,竟然发现磨坊家的小女儿旁边躺着他那丢失了的儿子!谁能描述出他那

[①] 小女儿担心把这些情况告诉姐姐们后,她们不会相信她来过这里,就悄悄折下一根金树枝和一根银树枝做证据。

患难之交(huàn nàn zhī jiāo):一起经历过困难和危险的处境的朋友。

时欢乐的心情啊!父亲高兴得像孩子一样,把所有的乡亲、大小财主都请来和他一起庆祝。

少年起床时看见身旁那两根树枝,吃惊地问姑娘:"你一直同我到了下面?正是因为你的忠诚,才把我解救了出来,你知道吗?这两根小树枝将为我们变出两座宫殿,一座金的,一座银的①。"

后来,磨坊家的小女儿就和被她解救出来的少年一直住在这两座宫殿里。

① 小女儿无意间的举动,反倒救了这位少年。

听懂动物语言的玻玻

主要人物
- 名称：玻玻
- 特长：能听懂动物的语言
- 家境：富裕

主要事件
1. 动物告诉他，他的父亲要杀死他，从而躲过了死亡
2. 解救了农夫一家
3. 救了另一个农夫的女儿
4. 被选为了教皇

故事梗概

玻玻的父亲因为玻玻学了动物的语言便认为他不学无术，决定杀死他，玻玻在狗和仆人们的帮助下逃跑了。在逃亡途中，玻玻运用自己的特殊能力救了农夫一家和另一个农夫的女儿，并被选为教皇。

一个富有的商人有一个儿子,名字叫玻玻,玻玻天生聪颖好学。

父亲将他托付给一个十分博学的师父,让他学习各国语言①。

学业结束,玻玻回到了家。一天晚上,他跟父亲一起在花园中散步。园中一棵树上,一群麻雀叫个不停,让人听了很心烦。

"每天晚上,这些麻雀吵得我耳朵都快聋了!"商人说着,用双手捂住了自己的耳朵。

玻玻说:"您想让我把它们说的话翻译给您听吗?"

父亲吃惊地看着他说:"你怎么会知道麻雀说些什么呢?难道你是个占卜师吗?"

"不是,不过我的老师教会了我所有动物的语言。"

"我的天哪,我的钱花得真不是地方!"父亲说,"那个老师怎么这么糊涂?我想让他教你人类使用的各种语言,可不是动物的语言啊②!"

"但动物的语言更复杂,所以师父想要从教这些动物的语言开始。"

家里的狗一边叫着,一边迎面跑来。

玻玻说:"您想要知道它在说些什么吗?"

"不!别再用你那些动物语言烦我了!我的那些钱算是白花了!"

① 介绍了玻玻天生聪颖好学,并去学习各国语言的背景。
② 父亲认为儿子不应该学习动物的语言,感觉自己的钱花得不是地方。

糊涂(hú tu):不明事理;对事物的认识模糊或混乱。

听懂动物语言的玻玻

他们沿着花园中的小溪往前走着,青蛙在欢唱,父亲抱怨说:"连青蛙也来凑热闹烦我。"

玻玻接着问:"父亲,您想让我给您解释……"

"你和那个把你教成这样的人都别再来烦我啦!"

看到供儿子受教育的钱白费了,商人很是恼怒,又一想,通晓动物的语言,这可是一种邪术,于是叫来两个仆人,告诉他们明天如何去办……

第二天早上,玻玻刚起床,一个仆人就让他上了马车,然后靠在他旁边坐下,另一个仆人坐在车夫的座位上,猛抽马匹,马车飞奔而去。

玻玻不知道他们要去哪里,但看到坐在身旁的仆人那双哭肿了的眼睛,就问:"我们去哪里?你怎么这么悲伤?"可仆人一言不发[①]。

这时,马匹嘶鸣起来,玻玻听懂了它们的话:"我们这次真是在完成一件悲惨的差事,我们要拉着小主人去送死!"

另一匹马说:"太残忍了,是他父亲这么安排的!"

玻玻就对仆人们说:"是不是你们得到我父亲的命令,要拉我去杀死我的地方?"

两个仆人惊跳起来问道:"你怎么知道的?"

玻玻说:"是这几匹马告诉我的,既然这样,你们现在就杀死我吧!为什么还要让我痛苦地等死呢[②]?"

---

① 仆人那双哭肿了的眼睛引起了玻玻的怀疑。
② 玻玻学习的动物的语言有了用武之地,几匹马告诉他父亲要杀死他。

邪术(xié shù):不正当的方术;妖术。

两个仆人说:"我们不想杀你,我们正在想办法救你呢!"

正在这时,那条狗叫着赶了上来,它一直跟在车后面跑着。

玻玻听明白了它的话:"为了救我的小主人,我愿意献出我的生命!"

玻玻说:"虽然我的父亲很残忍,但我还是有值得信赖的人,像你们,我亲爱的仆人,还有这条狗,它说愿意随时为我献出它的生命!"

两个仆人说:"那我们就把狗杀了吧,把它的心带给主人。而你呢,小主人,自己快逃吧!"

玻玻紧紧拥抱了一下仆人们和他那条忠实的狗,然后就逃走了①。

到了晚上,他来到一处农舍前,请求农夫一家留他过一夜。

大家正坐在一起吃晚饭,院子里传来狗叫声。玻玻在窗口侧耳一听,说:"赶快,把女人和孩子放在床上藏好,剩下的人全副武装、小心把守,因为半夜会有一帮土匪来袭击你们!"

农夫一家以为他说的是疯话,问:"你怎么会知道?谁告诉你的?"

"我从那只狗那里听来的,它叫是为了通知你们!可怜的狗啊,要是我不在这里,它就白费口舌了。要是你们肯听我的话,你们就能获

---

① 玻玻带着对仆人们和那条忠实的狗的不舍,逃走了。

信赖(xìn lài):信任并依靠。

全副武装(quán fù wǔ zhuāng):形容对人或对事情准备充分,特指在装备和技术方面的准备。最早是用于形容部队武器装备。

听懂动物语言的玻玻

救①!"

于是,农夫拿着枪埋伏在篱笆墙后面,妇女和孩子被留在家中。

到了半夜,他们听到一声口哨,然后又是一声,在第三声口哨响后出现了一群人。

这时,从篱笆墙里射出一排子弹,强盗们被打得撒腿就跑,其中有两个强盗中了枪弹倒在地上,手里还握着短刀。

农夫一家跟玻玻热闹地庆贺了一番,他们都希望玻玻能留下来跟他们一起生活,但玻玻还是辞别了大家,又上路了。

走啊,走啊,傍晚他又来到另一个农夫家。

他正在犹豫是敲门还是不敲门时,就听到水沟里的青蛙在呱呱地叫。

仔细一听,一只青蛙说:"快!把那块圣饼扔给我!给我,给我!你要是不把那块圣饼扔过来,我就再也不跟你玩了!你也得不着,它自己就会摔碎的!可我们把它完整地保存了好几年!"

玻玻走近一看,两只青蛙正在把一块圣饼当球踢着玩。玻玻在胸前划了个十字②。

一只青蛙说:"它留在这条水沟里已经六年了。"

另一只说:"上一次,农夫的女儿被恶魔迷惑,没吃圣餐,却把它藏在口袋里,然后带出教堂,扔进了这条水沟。"

玻玻敲开了农夫家的门,农夫一家邀请他一起吃晚饭。

① 农夫家的狗告诉玻玻,半夜会有一帮土匪来袭击他们,他的所学又有了用途。
② 运用动作描写,写出了玻玻对上帝的虔诚。

在跟农夫的谈话中，玻玻了解到他有一个女儿，病了六年了，没有一个医生能诊断出她得的是什么病，现在她的生命已经很危险了。

玻玻说："我敢肯定，是上帝在惩罚她。六年前她把一块圣饼扔进了水沟。只要把这块圣饼找回来，然后让她虔诚地吃下一顿圣餐，她的病就会好的！"

农夫惊讶地问："你是从哪里知道这些事的？"

玻玻说："是从青蛙口中。"

农夫还是半信半疑，于是到水沟里去找，真的找到了那块圣饼。

他带回来让女儿吃了一顿圣餐，女儿的病马上就好了①。

农夫一家不知该怎么答谢玻玻，可他什么都不要，告别了农夫一家，又上路了。

天气炎热，玻玻遇到两个行人正躺在一棵果子树下乘凉休息。

玻玻就在他们旁边坐了下来，问可不可以与他们结伴同行，于是三个人聊了起来。

玻玻问："你们二位去哪里？"

"去罗马，你没听说教皇去世了，正准备选出新的教皇吗？"

这时，一群麻雀飞来了，落在栗子树的树枝上。

玻玻说："这群麻雀也是要去罗马的。"

"你怎么知道？"那两个人问。

"我听得懂它们的语言，"玻玻说着，侧耳听了听后又说，"你们

① 玻玻运用他特殊的语言能力，救了农夫生病的女儿。

虔诚（qián chéng）：恭敬而有诚意（多指宗教信仰）。

听懂动物语言的玻玻

知道它们在说什么吗?"

"什么?"

"它们说我们三个人中有一个人会被选为教皇!"

当时,为了选出新的教皇,教廷在挤满人群的圣彼埃特罗广场上放飞了一只鸽子,鸽子落在谁的头上,谁就将被选为教皇。

他们三人来到人头攒动的广场,挤进人群。

人头攒动(rén tóu cuán dòng):形容人很多,拥挤着移动。一般用于形容某些地方人口密度较大。

那只鸽子飞呀，飞呀，最后落在了玻玻的头上①。

在一片赞美声和欢呼声中，玻玻穿着华丽的礼袍，走上教皇的宝座。

他站起身为众人祝福，广场上一片安静。

这时，人们听到一声大叫，一位老者摔倒在地，昏死过去。

新教皇急忙过去一看，认出老者正是自己的父亲。父亲为自己当初下令杀死儿子而悔恨不已，他躺在儿子的怀里，请求儿子在他临死前原谅他。

玻玻原谅了父亲，后来他成为了教廷中极负盛名的教皇之一。

① 麻雀的话应验了，玻玻被选为了教皇。

昏睡百年的公主

- 主要人物
  - 身份：公主
  - 性格特点：美丽聪明、性格温柔、举止优雅
  - 处境：被第十三个女巫师诅咒，昏睡不醒

- 次要人物
  - 身份：王子
  - 性格特点：好奇、勇敢
  - 主要事件：唤醒昏睡的公主

故事梗概

在庆祝公主出生的宴会上，十二个女巫师送给了公主所有的优点，可是公主却被没有邀请的第十三个女巫师诅咒。公主十五岁生日那天，诅咒应验了，一百年后，公主被一位王子唤醒了。

从前，有位国王和王后一直没有孩子，他们为此非常伤心和苦恼。

有一天，王后正在河边散步，一条小鱼把头浮出水面对她说："你的愿望就要实现了，不久后你会生下一个女儿。"

过了一段时间，那条小鱼的预言真的实现了，王后生下了一个非常漂亮的女儿①。

国王对公主爱如珍宝，决定举行一场大型宴会。他不仅邀请了他的亲戚、朋友，还邀请了几乎所有的女巫师，让她们为自己的女儿送来美好的祝愿。

他的王国一共有十三个女巫师，而他只有十二个金盘子来招待她们，所以他只邀请了十二个女巫师，剩下第十三个女巫师没有邀请②。

盛大的宴会结束后，各位来宾都给这位小公主送上了最好的礼物。

女巫师们一个送给她美德，一个送给她美貌，还有一个送给她富有……她们把世人所希望的，世上所有的优点和期盼都送给了她。

当第十一个女巫师为她祝福之后，第十三个女巫师，也就是没有被邀请的那个女巫师走了进来。因为没有被邀请，她十分愤怒，她要对此进行报复，她决定献上恶毒的诅咒。所以她进来以后就大声叫道："国

① 王后终于生下了一个非常漂亮的女儿，他们非常高兴。
② 那个没有被邀请的女巫师肯定非常生气，这也为后来的故事情节埋下伏笔。

预言（yù yán）：预先说出的关于将来要发生什么事情的话。

昏睡百年的公主

王的女儿在十五岁时会被一个纺锤弄伤，然后死去①！"

在场的人都大惊失色。

第十二个女巫师还没有献上她的礼物，于是她就走上前来说："这个凶险的咒语的确会应验，但公主能够化险为夷。她不会死去，而只是昏睡过去，不过一睡就是一百年。"

国王为了避免他的女儿遭到不幸，命令将王国里所有的纺锤都收上来，并把它们全部销毁了。

随着时间的流逝，女巫师们所有的祝福都在公主身上应验了：她美丽聪明，性格温柔，举止优雅，真是人见人爱。

但在她十五岁生日的那一天，她独自来到了一座古老的宫楼②。

宫楼里面有一段很狭窄的楼梯，楼梯的尽头有一扇门，门上插着一把金钥匙。

当她转动金钥匙时，门一下就弹开了，一个老太婆正坐在里面纺纱。

公主见了说道："老婆婆，您好！您这是在干什么呀？"

"纺纱。"老太婆回答说，接着又点了点头。

"这小东西转起来真有意思！"说着，公主上前拿起纺锤也想纺纱，但她刚一碰到纺锤，立即就倒在地上失去了知觉，第十三个女巫师

---

① 第十三个女巫师因为这样一件小事就做出如此恶毒的报复，可见她是一个心胸狭隘的人。

② "古老"一词，暗示这个宫楼少有人来，公主可能会在这里遇到危险。

大惊失色（dà jīng shī sè）：非常害怕，脸色都变了。
化险为夷（huà xiǎn wéi yí）：使危险的情况或处境变为平安。

的诅咒也应验了①。

公主并没有死，她只是倒在那里沉沉地睡去了。

国王和王后跟着睡着了；马厩里的马、院子里的狗、屋顶上的鸽子、墙上的苍蝇，也都跟着睡着了；甚至连火炉里的火也停止了燃烧；烧烤中的肉也不再发出"滋滋"的响声了；厨师此刻正抓住一个做错了事的童工的头发，正要给他一记耳光，让他滚出去，他们两个也定在那儿睡了过去；女仆手里抓着一只黑母鸡，正准备拔毛，她也睡着了。所有的一切都不动了，全都沉沉地睡去了。

不久，王宫的四周长出了一道蒺藜组成的大篱笆，年复一年，它们越长越高，越长越茂密，最后竟把整座宫殿遮挡得严严实实，甚至连屋顶和烟囱也看不见了。

于是，这个王国流传开了一个传说，一个漂亮的、正在睡觉的玫瑰公主的传说，人们所说的玫瑰公主，就是国王的女儿。

从那以后，有不少王子前来探险，他们披荆斩棘想穿过篱笆到王宫里去，但都没有成功，他们不是被蒺藜缠住就是被绊倒在里面，就像是有无数只手牢牢地抓住他们，让他们难以脱身一样，他们最终都痛苦地死去。

---

① 第十三个女巫师的诅咒还是应验了。

马厩（mǎ jiù）：饲养马的房子。
蒺藜（jí li）：一年生草本植物，茎平铺在地上，羽状复叶，小叶长椭圆形，花小、黄色，果皮有尖刺。果实可入药。
披荆斩棘（pī jīng zhǎn jí）：比喻扫除前进中的困难和障碍。

昏睡百年的公主

许多年过去了。一天,又有一位王子踏上了这块土地①。

一位老大爷向他讲起蒺藜篱笆的故事,说篱笆里有一座漂亮的宫殿,宫殿里有一位仙女般的公主,她的名字叫玫瑰公主,她和整座王宫都在沉睡。他还说,他曾听他的爷爷谈起有许许多多的王子来过这儿,他们都想穿过篱笆,但都被缠在里面死去了。

听到这些,这位王子说:"这些都吓不倒我,我要去找玫瑰公主②!"

老人劝他不要尝试,可他却坚持要去。

时间正好过去了一百年,所以当王子来到篱笆跟前时,他看到的是盛开着美丽花朵的灌木,他很轻松地就穿过了篱笆。

他在前面走,所经之处的篱笆又密密地合拢了。

最后,他到达了宫殿,看见宫殿外的狗躺在那儿沉睡,马厩里的马在沉睡,屋顶上的鸽子将头埋在翅膀下沉睡。

他走进宫殿内,看见墙上的苍蝇在沉睡;厨房里的厨师向上举着手,似乎要打那童工一记耳光;一个女仆手里抓着一只黑母鸡正准备拔毛。

他继续向里面寻去,一切都静得出奇,连他自己的呼吸都能听得到。

---

① 这句话起到了承上启下的过渡作用。
② 语言描写,通过这位王子的语言,可以看出他的勇敢。

灌木(guàn mù):矮小而丛生,没有明显主干的木本植物,如荆、玫瑰、茉莉等。

终于,他来到古老的宫楼,推开了玫瑰公主所在的那个小房间的门。

玫瑰公主睡得很香,她是那么美丽动人。他瞪大眼睛,连眨也舍不得眨一下,看着看着,他不禁俯下身去吻了她一下。

因这一吻,玫瑰公主慢慢苏醒了过来,她睁开双眼,微笑着充满深

情地注视王子,王子抱着她,两人一起走出了宫楼。

此刻,国王和王后也醒过来了,王宫里所有的人都醒过来了。

他们怀着极大的好奇心互相凝视着,似乎还不明白到底发生了什么事情。

马站了起来,摇摆着身体;狗儿欢跳不止,汪汪吠叫;鸽子抬起了头,昂首四顾,振翅飞向田野;墙上的苍蝇嗡嗡地飞了出去;厨房里的火炉又蹿起了火苗,开始烧饭;烧烤中的肉又"滋滋"作响;厨师

怒吼着扇了童工一记耳光;女仆继续给鸡拔毛。一切都恢复了往日的模样①。

不久,王子和玫瑰公主举行了盛大的结婚典礼,他们幸福欢快地生活在了一起,一直白头到老。

① 与前文照应,王宫里的一切全都恢复了。

太有趣了，名著！ | 图说欧洲民间故事 |
父亲的遗产

主要人物
- 名称：老头儿
- 错误：把家产分给两个女儿

次要人物
- 名称：老头儿的邻居
- 性格特点：有智慧、仗义

故事梗概

老头儿把自己的财产全都分给了两个女儿，结果两个女儿变得不再孝顺，老邻居给他出了个主意，两个女儿见老头儿又有钱了，又开始孝顺起来。

父亲的遗产

从前有一个老头儿,他对自己的妻子说:"老伴儿啊,我和你都老了,在世的日子不长了。我们有很多财富,索性把财产分给两个女儿,这样,我们这辈子就没有什么操心的了。以后我们就轮流在女儿家吃饭,省得自己再操劳,就这么和和睦睦地过完这一生吧。而且我们死后,孩子们之间也不会发生什么财产纠纷。你说这个主意怎么样①?"

"假如女婿们都同意,我没什么意见。但是我担心会如谚语所说的那样'有钱则亲,无钱则冷',起初他们会很关心我们,到了后来就会嫌弃我们。到了那个时候,我们靠什么生活呢?特别是,倘若我活得比你久,那时我孤苦一人,将怎么生活?俗话说得好:'女婿是外人,靠他靠不稳'。请不要把全部金钱都给了他们,将来我们对天叫苦,向孩子们讨钱花就麻烦了②。"妻子说。

老头儿点点头答应了,于是办了一桌酒席,把女儿、女婿和外孙都请来,大家美美地吃了一顿。后来,老头儿宣布了自己的决定。女儿们和女婿们对此都非常满意,说他们一定会和睦相处,轮流承担赡养老人的责任,直至养老送终。

父亲把钱财分成两份,就像到了临死的时候一样,同时也听取了妻子的建议,给自己留下了一小部分金钱,以防生活上发生困难。毕竟,

① 老头儿和妻子商量财产分配和将来的养老安排。
② 引用谚语和俗语,说明这种情况在社会上很常见。

纠纷(jiū fēn):争执的事情。
嫌弃(xián qì):厌恶而不愿意接近。
赡养(shàn yǎng):供给生活所需,特指子女对父母在物质上和生活上进行帮助。

好汉也会暗暗地藏一手护身拳的①。

之后,两个女婿轮流着邀请他们去吃饭,一天三餐,还包括下午茶和夜宵,老头儿的日子果然过得安闲自在。两个女儿的孩子很多,他每天都会给小外孙们带点礼物。但是,老头儿很快就发觉钱包瘪了,于是只好停止送礼物。

女儿和女婿也察觉了这细微的变化,他们把眉头缩成了一团,仿佛是有点不高兴,这副脸孔使老头儿非常难受,暗暗伤心。

第二天,他垂头丧气地坐在空荡荡的门前,等待女婿来邀请。可是等到日头偏西了,还是没人来。老头儿明白他们被自己的亲生女儿抛弃了②。

老头儿的邻居是他几十年的老朋友,那邻居从斜对面看见老头儿这般光景,心里猜到了几分,便拄着拐杖来看望他。

"老弟,"邻居老远就向他打招呼,"你为什么愁眉不展?遇到了什么不顺心的事吗?你准是有什么心事。我知道你积累了许多财富,像一只山鼠贮存过冬的粮食一样。你身体还结实,在你这个年龄称得上强壮。你无忧无虑,从来不知道什么叫贫困,你什么都有啦。"

① 老头儿听从妻子的建议,给自己留下了一小部分金钱,为下文埋下了伏笔。
② 老头儿没钱了,果然像谚语所说的那样,他被自己的亲生女儿抛弃了。

垂头丧气(chuí tóu sàng qì):形容情绪低落、失望懊丧的神情。
愁眉不展(chóu méi bù zhǎn):由于忧愁而双眉紧锁。形容心事重重的样子。
贮存(zhù cún):储存。

父亲的遗产

"唉，老兄，"老头儿深深地叹了口气，"你甭问了，反正说出来你也帮不了忙。我这是自作自受，竟想出这么个坏主意，好日子已经一去不复返了，为此我悔恨不已。你不知道，我辛辛苦苦积攒的钱财，全都化为灰烬，全都掉到水里去了①。"

"怎么会这样呢？"老邻居问道。

"我把全部财产都分给了两个不孝的女儿，现在她们不管我了。我真是后悔莫及呀。"

"老弟，你做错了，"老朋友说，"这样，我来帮你摆脱窘境，只要你不傻里傻气，按照我说的去做。不要为未来而过多担心，要知道，被牛奶烫了，只要吹一吹，浸到凉水里就好了。"

他又补充道："我们就这么办吧，我给你一点钱，你来置办一桌丰盛的饭菜，把女婿家的人全都请来，再把街坊、亲戚和好友也都请来。人都到齐之后，我就带点东西来。你看见了我故作惊奇的样子，只是说：'用不着这么性急，好像我没有什么钱了一样！'我们要谈得引起所有人的注意。我会说：'债务的美德在于偿还②。'"

老头儿按邻居说的去做，备了酒筵，喊来了女儿、女婿和外孙，也请来了亲戚和街坊。客人都到齐了，还空着一个位子，这

---

① 通过老头儿打的比方，我们能够看出他的后悔。
② 老头儿的邻居给他出了个主意，这个办法能奏效吗？

自作自受（zì zuò zì shòu）：自己做了错事，自己承受不好的后果。
后悔莫及（hòu huǐ mò jí）：指事后懊悔也来不及了。
酒筵（jiǔ yán）：酒席。

是老头儿为他的邻居准备的。客人们开始用餐了，而邻居却没有露面。老头儿多次开门，探头向外面张望，很遗憾，邻居仍没有来。老头儿说："他既然答应了，就肯定会来的。我很了解他，他这个人很守信用。我敢打赌，他迟到了，是因为他想算清过去我们在一起做生意时他欠我的债务，不这样，他来了也会感到不安的。"

老头儿的话音还未落，邻居就推门进来了。他大口大口地喘着气，肩上扛着一个包。他向大家问过好，然后对老头儿说："老弟！请原谅我没有准时赶到，让你久等了。老弟！倘若我来你家作客却没有还清老账的话，我会无地自容的。我向你说过多次，要你把钱取走，和你把旧账结清，可你老是不抓紧办。现在我把钱给你送来了，你就好好清点一下。这些是账单，你等会儿核对一下。现在，我把欠款如数还清了，我轻松了，心头的一块石头卸下来了。"

"老兄！"老头儿说，"我请你赴宴不是为了逼你还债的，我是想让你来舍下与我们一块儿欢聚欢聚，你能赏光就很好了。既然你把钱带来了，我怎么好拒绝你的心意呢？快把包袱卸下来，先把钱放到柜子里去，然后坐到这边来。清点钞票和审查账目的事，之后我再来办。唉！假如其他欠债的人也能像你这样讲信用，及时把钱还给我，我又何必这么苛待自己，这么小气节约呢①？"

① 老头儿的话解释了他最近不给小外孙礼物的原因。

无地自容（wú dì zì róng）：没有地方可以让自己藏起来。形容十分羞惭。

苛待（kē dài）：苛刻地对待。

父亲的遗产

女儿、女婿以及所有在座的客人都看在眼里,记在心中。一个女婿悄悄地对另一个女婿说:"瞧!我们的岳父装成身无分文的样子,看来,他的钱还不少呢!更不用计算他放出的借款了!"

女儿们也窃窃私语起来,一个女儿对她的丈夫说:"听见了吗?我们要恢复过去的做法,供给父母亲正餐、下午茶和夜宵,让他们吃得好、过得愉快。""那当然,"丈夫答道,"儿女应该赡养父母,这是天职呀!"

另一个女儿也对她的丈夫说:"你听,姐姐在对姐夫说什么?他们又要请父母亲去用餐,好好供养他们了,我们可不能光在一旁看着,得让父母亲在辞世的时候不忘记我们。瞧,这一袋子的钱,还备了这么丰盛的酒筵,柜子里绝不是空的。"

"是呀,你说得很对,"丈夫答道,"我们应当奉养父母亲,像保护自己的眼珠一样。等到有朝一日,他们闭上了眼睛的时候,我们得到

窃窃私语(qiè qiè sī yǔ):私下里小声交谈。

的酬谢还会少吗①？"

于是，两个女儿与女婿又商定好如何服侍父母亲，如何照顾他们的生活。他们一心想着如何从父亲那儿得到更多的钱，老两口的日子又过得好起来了。孩子们尽量让父母亲吃得满意，他们的服务十分周到，甚至不敢让苍蝇在老两口身上停留。

老头儿十分感谢巧施妙计的邻居，他的孩子们一直关心着父亲死后他们还能得到多少遗产。

老头儿在埋葬了老伴后不久，也离开了人世。他的遗嘱上写着："亲爱的孩子们，在规规矩矩地把我埋葬之后，请打开柜子，在那里你们能得到遗产。"

孩子们隆重地埋葬了父亲，从他的房间里拖出大柜子，柜子上有三把锁，他们把锁一一打开之后一看，里面只有一封信：

亲爱的孩子们！还在我生前，你们就已经分到了我留给你们的、数量可观的财产了。而现在，虽然你们眼前的柜子是空的，但是它曾经装满金银，这些金银也早已分给你们了。不要指望还有什么别的遗产，劳动和勤俭将会带来财富②！

① 两个女儿和女婿觉得老头儿有钱，决定好好奉养父母亲。
② 柜子里的这封信是老头儿留给孩子们最宝贵的遗产，你觉得呢？

大小俩培勒

- 主要人物
  - 名称：小培勒
  - 性格特点：聪明、临危不乱
  - 家境：贫穷

- 次要人物
  - 名称：大培勒
  - 特点：愚蠢、凶残
  - 职业：农场主

故事梗概

小培勒凭借自己的智慧戏弄了贪婪的大培勒。

从前，有一个人叫大培勒，还有一个人叫小培勒。

大培勒很富有，而小培勒很贫穷。小培勒和老母亲住在一起。他的全部家当就是一间小屋和一头牛犊①。

一天，小培勒把牛犊放出来吃草，牛犊却跑到了大培勒的黑麦地里。

大培勒发现后非常生气，他警告小培勒再不看好自己的牛，他就用枪把牛杀死。

后来，牛犊又一次跑到大培勒的地里，大培勒真的拿出枪射死了牛犊②。

小培勒看到牛被杀死了，就把它拉回家剥了皮。他来到干燥室开始烘干牛皮，直到牛皮干得一动就嘎啦嘎啦响他才停下，然后他想把那张牛皮卖了。

一天晚上，他来到一户农家，他请求在那里借宿一个晚上。但是农夫不在家，农夫的老婆不同意他借宿③。

小培勒只好走开了。他刚走出不远，恰好碰到了一个农夫。

他们互相搭起话来，小培勒说他到那边一个农家去过，本想在那儿借宿一晚，却遭到了拒绝。

这时农夫说："那是我的家。跟我来吧，咱们一起回去，一定有你

---

① 开篇交代故事的主要人物和他们的生活状况。
② 由此可见大培勒为人凶狠。
③ 农夫的老婆不同意小培勒借宿，为下文设置了悬念。

● 牛犊（niú dú）：小牛。

过夜的地方。"

小培勒高兴地跟着农夫回去了，在农夫拴牲口的时候，小培勒从窗户偷偷往屋里面瞧。

他正好看见一个牧师在农夫老婆的屋里，桌上还摆了很多好吃的，他们正坐在那里说笑着①。

一听见农夫回来了，他们很害怕，赶忙把桌子上的东西都藏了起来。

其中有一张很大的白面烙饼，他们把它包进一块破布，然后塞进地板上的一个洞里。他们还把一大瓶烧酒放在了炉子后面。

牧师不知道该往哪里躲藏，情急之下，他钻进了一个箱子里。

小培勒把这一切都看在了眼里②。

农夫拴好牲口之后，他们一起走进屋里。

农夫对老婆说，小培勒要在这里过夜，还让她为他俩准备晚饭。

她拿出来的东西并不多，但他们还是在桌边坐下，开始吃了起来。

过了一会儿，小培勒把他的牛皮弄得嘎啦嘎啦响，农夫对小培勒说："别让牛皮发出响声，这样会影响我们的胃口。"

小培勒向他解释，那张牛皮不同于其他的牛皮，它能告诉他很多事

---

① 小培勒的这个发现解释了农夫的老婆不同意小培勒借宿的原因。
② 小培勒发现了这一切，为下文揭穿他们做了铺垫。

情急之下（qíng jí zhī xià）：形容非常紧急，没来得及半点思索就草率做出决定。

情[1]。

农夫又说:"一张干牛皮能告诉我们什么新鲜事呢?"

小培勒说:"它呀,它说在这间屋子地板上的一个洞里有一张很大的白面烙饼。"

农夫老婆一听立刻说:"没有,那里根本没有,因为家里很长时间没有白面烙饼了[2]!"

农夫一听说有好吃的很高兴,就走过去瞧了瞧,他真的在地板上的一个洞里拿到了他老婆藏在那里的白面烙饼。

他们吃完白面烙饼后,小培勒又开始把牛皮弄得嘎啦嘎啦响。

农夫问:"那张牛皮是在说还有好吃的吗?"

小培勒说:"是的,它说在炉子后面有一大瓶烧酒。"

农夫老婆一听又急忙说:"没有,在我的记忆里家里很长时间没有烧酒了。"

农夫半信半疑地走到炉子后面,果然找到了烧酒,他们又开始喝了起来。

现在农夫对那张牛皮特别感兴趣,他想把它买下来,但是小培勒说,那张牛皮是他唯一赖以生存的东西,因此他不想把它卖掉。

可是农夫很固执,他说,那张牛皮值多少钱他就付多少钱[3]。

[1] 小培勒非常聪明,他想要借着这张干牛皮揭穿农夫的妻子。
[2] "立刻"一词,生动形象地写出了农夫老婆此时的心虚。
[3] 这张神奇的牛皮引起了农夫的兴趣,他决定买下这张牛皮。

大小俩培勒

小培勒思索了片刻说，他特别想要屋里的那个箱子作为报酬。

农夫老婆一听马上尖叫起来："不行，绝对不行！因为这个箱子是我从娘家带来的，箱子得给我留下！"

可是农夫说箱子是他的，所以他把箱子给了小培勒作为买那张牛皮的报酬。

晚上睡觉的时候，小培勒非要躺在那个箱子上睡觉不可[1]。

第二天早上，他带着箱子上路了。过了一会儿，他来到一个陡坡上，沿着陡坡下去是一个湖。

这时，他对箱子里面的牧师说，他要把箱子推到湖里去。

牧师听后连声求饶，最后答应给小培勒一大笔钱，只要小培勒放了他。

牧师终于被放了出来，小培勒也得到了一大笔钱。小培勒回到自己的家，一进门就让一个男孩到大培勒那里去借一个量钱的工具来。

大培勒非常惊奇，他亲自带了量钱的工具到小培勒那里，他想知道小培勒怎么会有那么多钱。

小培勒说："我要感谢你杀死了我的牛犊！"

大培勒不解地问："到底是怎么回事？"

小培勒说："我首先把那张牛皮烘干，然后进城把它卖了。"

"这么说我可以发大财了，因为我的牛棚里全是牛！"

---

[1] 大家猜一猜，小培勒为什么非要在这个箱子上睡觉呢？

报酬（bào chou）：由于使用别人的劳动、物件等而付给别人的钱或实物。

大培勒说罢就急急忙忙回家去,把牲口全都宰了,接着把牛皮放在干燥室里烘干①。

牛皮都干了之后,他把它们装在一辆车上——车被装得满满的——向城里的广场拉去。到了广场后,他开始叫卖:"这些烘干的牛皮多好啊,有谁要买?"

广场上的人不但没有买,而且还讥笑他,他们说如果他不把那些牛皮在干燥室里烘干的话,他们或许还想买几张,但是现在它们都被毁坏了,没有什么用处了。

这时他才明白,小培勒是在戏弄他,大培勒决定教训一下小培勒。

半夜时分,大培勒悄悄来到小培勒的家,想要打他一顿。

当时警察正好从那里经过,把大培勒抓进了监狱,他在监狱坐了几年的牢。

被释放出来后,大培勒回到家里就把小培勒装进一个袋子,准备把他扔到湖里。

当他来到湖边的时候,发现湖上的冰很厚,因为没有冰窟窿,袋子扔不进去。

于是大培勒把装着小培勒的袋子放在冰上,跑回家去取斧头和

① 贪婪的大培勒把家里的牛全杀了,并且把牛皮烘干,他能发大财吗?

讥笑(jī xiào):讥讽和嘲笑。
戏弄(xì nòng):耍笑捉弄;拿人开心。
窟窿(kū long):洞,在物体内部有空的地方。

铁管。

小培勒在袋子里不停地喊叫:"我要到天上去,我要到天上去!"

这时正好有个牧人赶着一群牛经过那里,他听到小培勒在袋子里那样呼叫,便走上前去问小培勒为什么喊叫着要到天上去。

小培勒说:"刚才我正在去天上的路上,忽然,他们把我带到了这里。"

小培勒的话引起了牧人的兴趣,牧人赶紧解开袋子,放小培勒出来。获救的小培勒十分感激牧人。

牧人问小培勒这到底是怎么回事。小培勒就把大培勒是如何刁难他的事都讲给了牧人听。牧人听后十分同情小培勒,同时也很佩服小培勒的机智和勇敢。

牧人对小培勒说:"你不要害怕,我会帮你的!"

牧人找了一些木棍装到袋子里,如果不仔细看,还以为小培勒仍在袋子里呢。然后,牧人带着小培勒离开了①。

他们来到一处小山坡下躲起来。小培勒对牧人说:"我能借你的牛群用一下吗?让我来戏弄一下他。"

不一会儿,大培勒拿着斧头和铁管回来了,他在冰上挖好了洞,拉起袋子就扔到了湖里,然后就往家里走。

在回家的路上,大培勒遇到了赶着牲口的小培勒。

大培勒吃惊极了,他大叫起来:"我刚才不是把你扔进冰窟窿里了吗?你从哪儿弄到的这些牛?"

① 小培勒在这种情况下还能够想出办法自救,可见他的聪明。

小培勒说:"啊,这些牛是我从湖里弄到的,那里还多着呢!但是有这些就够了,我不想要太多!"

这时大培勒说:"有这样的事?那我非要多弄一些不可,这样我的牛圈就又满了!"

大培勒来不及思考,一心只想着从湖里得到更多的牛。于是他掉转头,回到了冰面上,脱掉衣服,准备往湖里跳。这时,他身上的一串钥匙掉到了冰面上,发出了清脆的响声。

他听到响声后说:"我真听到了领头的那头牛的声音!"接着,他跳进了冰冷的湖水中。

这时,牧人和小培勒看着在冰窟窿里挣扎的大培勒都笑了起来,大培勒知道自己又一次被小培勒戏弄了。可是善良的小培勒和牧人不忍心看大培勒在冰窟窿里受罪,于是,他们把他救了上来。牧人对大培勒说:"希望你以后不要再恩将仇报,欺负小培勒了[1]。"

此时的大培勒也意识到自己之前的做法很过分,他向小培勒道歉,并保证再也不会欺负小培勒了。在后来的日子中,大小培勒相处得十分融洽,再也没有发生过争吵。不知情的人还以为大小培勒是一对亲兄弟呢[2]!

---

[1] 这说明小培勒不但聪明,还心地善良。
[2] 小培勒的行为感动了大培勒,这让大培勒及时认清自己的错误,并向小培勒道歉。这种知错就改的精神值得我们学习。

恩将仇报(ēn jiāng chóu bào):用仇恨报答恩惠。

农夫与大学生

- 主要人物
  - 农夫
  - 特点：聪明
  - 事件：被三个大学生捉弄后，用计报复了他们

- 次要人物
  - 名称：三个大学生
  - 特点：自私、贪婪
  - 事件：捉弄农夫后被农夫报复

故事梗概

  三个大学生骗农夫，让农夫认为自己要卖的其实是山羊，然后用很低的价钱买走了农夫的奶牛。农夫知道受骗后，用计让三个大学生用很高的价钱买走了自己的破帽子。

有一个农夫养了一头奶牛和一只山羊,可是饲料不够吃了,他便对妻子说:"我们把奶牛卖掉吧!我把它牵到集市上去。"说完,他就牵着奶牛走了。有三个大学生看见他牵着奶牛往城里走,于是便合计好,准备捉弄他一番①。

当农夫走到半路时,一个大学生迎上来问他:"农夫,你牵着山羊到哪儿去呀?""咳,"他回答说,"你糊涂啦,我的山羊在家里,我牵的是奶牛。""哎呀,"大学生又说,"是你自己弄错啦,你牵的是山羊!"说完他就走了。

到了下一个拐弯处,又来了一个大学生,他说:"农夫,你牵着这只山羊到哪儿去呀?"

"咳,"农夫又说,"你们都糊涂啦!刚才我碰见一个大学生,他也是这么说的,可我牵的不是山羊,而是奶牛!""亲爱的伙计,"第二个大学生说,"是你自己搞错啦,你牵的是山羊,你下次卖奶牛的时候,你就会明白了。"

农夫走到离城里不远的地方时,又碰见了第三个大学生。

"农夫,"他问,"你牵着山羊到哪儿去呀?""行啦!"农夫叫起来,"我已经碰见两个大学生,他们都是这么说的,可这明明是我的奶牛哇。也许是我自己搞错了,把山羊当成奶牛牵出来了。""哎呀,"那个大学生说,"的确是你自己看错了,这明明是一只山羊嘛,你的奶牛肯定还在你家的牛棚里呢。你这只山羊卖吗?""唉,"他

① 三个大学生想要捉弄农夫,这种不尊重别人的行为是不可取的。

牛棚(niú péng):牛舍。

农夫与大学生

说,"果真是我搞错了,牵的是山羊,那我也要把它卖掉①。"

大学生说,他愿意出五个塔勒。农夫对这个数目很满意,于是拍板成交。大学生递给他五个塔勒后,牵着奶牛走了。

农夫回到家里,对他妻子说:"我把山羊卖啦。""哎呀,"妻子说,"山羊在圈里,你牵走的是奶牛。""你没糊涂吧?我碰见三个大学生,他们都问我牵着山羊到哪儿去。"妻子带他来到羊圈,把山羊指给他看。这时他才说:"敢情是那三个家伙合起伙来骗我呀,我也要捉弄捉弄他们。"

于是,农夫制订好了他的计划。他向一位好朋友借了一百五十个塔勒,以自己的地产作抵押。然后,他戴上一顶圆帽子进城去了。他走进一家大学生喜欢去的酒店,给了店老板五十个塔勒;接着,他又到另一家酒店,同样给了店老板五十个塔勒;到第三家酒店也是如此。与此同时,他与三家店老板讲好,他们应该按他的要求上足酒菜,如果他问需要付多少钱时,转转帽子,他们就回答说:"已经够了②。"

过了几天,农夫走进第一家酒店,叫来饭菜和饮料,吃得酒足饭饱。不一会儿,那三个大学生也从对面的学生宿舍过来了,由于农夫戴着帽子,他们没有认出他来。农夫请他们吃饭喝酒,店老板一个劲儿地上菜。最后,农夫问需要付多少钱的同时转了转他的帽子。店老板这时回答说:"已经够了。"

三个大学生你看看我,我看看你,不知是怎么回事。但是,农夫听

---

① 在三个大学生的误导下,农夫真的以为自己牵的是山羊。
② 农夫制订了周密的计划,决定报复一下这三个大学生。

了店老板的回答以后,一副已经付清账的样子,站起来就走了。

第二天,天刚破晓,人们就看见农夫又到城里去了。他走进第二家酒店,早早就占好了位置,等到中午的时候,他叫人端来美味佳肴。没过多久,那三个大学生来了,他又邀请他们一起吃喝,而且今天招待他们的酒菜比前一天要好得多。到了付账的时候,农夫又转了转他的帽子,问多少钱。店老板回答说:"已经够了。"听了他的话,农夫站起来就走了。

这件事弄得三个大学生莫名其妙,他们私下议论说:"那肯定是一顶如意帽,因为农夫转一转帽子,酒账就付清了。我们一定要想办法把它买下来,我们一年四季吃喝的费用常常付不清,还得向家里要钱,有了那顶帽子,我们就不用发愁了①。"

第三天,鸡一叫农夫就出了门,又到城里去了。他走进第三家酒店,到了中午,他又碰见了那三个大学生。今天,他叫的酒和菜比在第二家酒店吃的还要丰盛,还要可口。

他们吃饱喝足之后,农夫又问:"多少钱?"同时转了转他的帽子。店老板回答说:"已经够了。"

这时,那三个大学生问他的帽子卖不卖。农夫回答说不卖,他宁可要帽子,再多的钱他也不卖。因为他在酒店里无论吃多少酒菜,只要他动一动他的帽子,酒账马上便会付清,所以还是他的帽子贵重。他甚至

① 农夫两次请大学生们吃饭,都是转了转帽子,就不用付账了,这种行为引起了大学生的好奇。

破晓(pò xiǎo):(天)刚亮。

农夫与大学生

还听说,这顶帽子什么都能付,比如红烧野猪肉、烧鹅、鳕鱼以及各种各样的酒,等等①。

听了这番话,三个大学生就更想得到那顶如意帽了,他们马上表示愿意出五百个塔勒买下它。"哎呀,出五百个塔勒就想买下我的帽子?"农夫说②。最后,三个大学生把钱加到八百个塔勒。农夫听了这个数目以后,说:"好啦,就这样吧。"他交出帽子,装好八百个塔勒就走了。回到家里,他对妻子说:"先是那三个大学生把我的奶牛当作山羊买走了,现在他们又花了八百个塔勒买走了我的破帽子。"

农夫对他几天来做成的这笔交易非常满意,而那三个大学生呢?

他们拿着帽子,走进他们第一次遇见农夫的那家酒店。店老板给他们端来酒菜,他们三人猛吃猛喝起来,把全部身心都沉浸在美酒和佳肴之中。年龄最长的那个大学生戴着那顶帽子,当他们吃饱喝足之后,他转了转头上的帽子,非常神气地问:"老板,酒账多少钱?"店老板这回却拿来笔认真算起来,最后他们不得不付清全部的酒钱。

第二天,第二个大学生戴上了那顶帽子,因为他们认为是年长的大学生不会使用如意帽,转得不对。于是,他们三人走进他们第二次碰见农夫的那家酒店。当他们吃饱喝足之后,第二个大学生转了转帽子,问:"老板,酒账多少钱?"这位店老板也拿着笔来给他们算账。

① 农夫越不肯卖,这三个大学生就越认定这个帽子有神奇之处。
② 通过对农夫的语言描写,我们能够看出农夫的不情愿,农夫越这样,三个大学生想买帽子的心情就越迫切。

鳕鱼(xuě yú):体稍侧扁,头大,尾小,下颌有一根须,背部灰褐色,有许多小黑斑,有三个背鳍,腹部灰白色。

年龄最小的大学生固执地断定，他们俩都不会转动帽子。于是第三天，他把帽子戴上，他们又走进了第三家酒店。当他们吃喝完了之后，他使劲儿地转动着头上的帽子，几乎把帽子都转破了，同时他问店老板该付多少钱。他们还嘱咐店老板要好好地算清楚呢！店老板非常尽职尽责地给他们算了酒账，一分钱也没放过他们。至此，故事已经结束了。尽管如此，那三个大学生还是希望，有朝一日那顶帽子会为他们付酒钱呢[①]。

[①] 三个大学生一直没有发觉自己上当了，仍然对这顶帽子抱有幻想。

海水变咸的传说

- 主要人物
  - 名称：穷兄弟
  - 性格特点：聪明、临危不乱
  - 结局：成为富人

- 次要人物
  - 名称：富兄弟
  - 性格特点：自私、贪婪
  - 结局：被水淹死

故事梗概

穷兄弟向富兄弟请求帮助，富兄弟只给了穷兄弟一块面包。穷兄弟在路上把一小块面包给了一个饥饿的老人，老人帮助穷兄弟从妖精那里得到了一个神奇的石磨。富兄弟见穷兄弟变富裕了，就偷了这个石磨，结果由于贪心，他被淹死了。

很久以前,在很远的地方,住着兄弟俩,其中一个很富有,另一个却很贫穷。①

富兄弟住在一个小岛上,他是一个盐商,他卖盐已有很多年,挣了很多钱。

另一个兄弟穷得连妻子和孩子们都吃不饱。他的妻子说:"我们该怎么办呢?你想让我和孩子们去死吗?没有东西吃了。你为什么不去向你的兄弟要些钱?"

"我的兄弟是小气鬼,我想他肯定一分钱也不会给我的,也许他会给我一把盐。但不管怎么说,我还是要去见见他②。"

他上了小船,朝他兄弟住的那个小岛驶去。到了岛上,他发现他那富兄弟正在家数钱。

"什么事呀?你怎么到这儿来了?"

"对不起,兄弟,我家里没吃的了,请你从正在点的那些金币中给我一枚吧!"

"不行,这些是我的,你太懒了,你为什么不去干活?"

"我已经努力去找活儿干了。但是我没找到,现在,我家里都没有面包给孩子们吃了。"

"我不会给你钱的,但我可以给你一块面包,然后你就离开,不要

---

① 开篇介绍两兄弟的家境。
② 穷兄弟为了自己的妻子和孩子们,明知道自己的兄弟是一个小气鬼,还是打算去求他,可见穷兄弟确实走到了绝路。

小气鬼(xiǎo qì guǐ):特别吝啬的人。

再来，好吗①？"

"好吧，给我面包吧！"

这位富兄弟扔了一块面包给他的穷兄弟，穷兄弟转身就走了。

在回家的路上，穷兄弟碰见一位老人坐在路边。

"你拿的是什么东西？"老人问，"是面包吗？我两天都没吃东西了！"

"这面包是我给自己的孩子们的，但我不愿看到别人没有吃的。来，我给你切一片面包②。"

他切下一片面包给了这位老人，老人向他道谢后吃了起来。

吃完面包后，老人说："现在我要为你做点儿事。我带你去住在地底下的妖精的家。如果你给他们看到这块面包，他们就会想从你手里买下。但是，你别让他们给你钱，你要他们门后立着的那个旧磨。照我说的那样去做，你就会变得富有，你回来后，我会教你怎样使用那个旧磨。"

然后，那位老人就带他到森林里，指了指地上的一个洞。这个洞看上去像兔子挖的，但越往里面洞越大，还可以看到一扇小石门。

老人说："那就是妖精的家，进去把那门打开，我等着你来。"

穷兄弟进了洞，打开门，走了进去。里边很黑，什么也看不见。

---

① 穷兄弟向富兄弟请求帮助，富兄弟竟然只给了他一块面包，这是多么自私和小气的人啊。

② 语言描写，通过穷兄弟的语言，我们可以看出他是一个乐于助人的人。

妖精（yāo jing）：妖怪。

当他能看清楚一些时，他见到很多小妖精，小妖精们过来围他。

"那是什么？"其中有一个妖精问，"是白面包吗？请把它给我们吧，或者卖给我们①！"

"我们要用金子、银子买你的面包！"另一个妖精说。

"不！"穷兄弟说，"我不要金子或银子，只要你们把门后立着的那个旧磨给我，我就给你们这块面包！"

开始时，妖精不愿意用旧磨换面包。于是，他转身就走。

但是，有些妖精叫了起来："给他那旧磨吧，我们现在根本用不着，只有好人才能使用它。"于是，他们把旧磨给了穷兄弟，穷兄弟把那旧磨夹在腋下，走出了妖精的住所。出来后，他发现那位老人正等着他。

"就是它，"老人说，"只有好人才能用它，这是使用它的办法。你千万别让其他人使用，不然会招来大祸②。"

穷兄弟到家时天已很晚了。

"你到哪儿去了？"他的妻子说，"家里没有火烤，没有饭吃，孩子们冷，哭着要东西吃。你带的那个东西是什么？看上去像一个旧磨。"

"就是一个旧磨！"他说，"现在来瞧瞧，你说要什么，它就有什么！"

① 妖精们果然像老人说的那样，要买穷兄弟的面包。
② 老人的话为下文的故事埋下了伏笔。

腋下（yè xià）：腋窝。

海水变咸的传说

他把旧磨放在桌子上,开始转动。从旧磨里出来了烤火用的柴火,点灯和做饭菜用的油,还有衣服、粮食和其他很多东西。

"真是一个神磨!"他的妻子说,"现在我们富有了!"

"是的,不过,一定不能让其他人知道它,我们必须把它藏起来,只有在没人看见时才能拿出来用。"

这个穷人很快变得像他兄弟一样富有。

他不仅把好东西留在自己家,还把许多东西送给其他穷苦的朋友。①

他的富兄弟听说了这些事情,心里想:"不知道为什么我的穷兄弟变富了,我必须找到他富有的原因。"

富兄弟试图找出原因,可是他花了好长时间都没有找到。

有一天,他给了一个佣人一些钱,让佣人在晚上监视穷兄弟的家。

那天晚上,这个佣人透过窗户看到他们全家人围着一个旧磨站着,那个旧磨正在工作,他就回去把所看到的跟富兄弟说了。

第二天,这位富兄弟上了船,开过岸来,他对他的穷兄弟说:"我发现你现在很富有,并且也知道了原因。你有一个小神磨,把它卖给我吧,你要多少钱?"

"我不能卖!"那个穷兄弟说,"它绝不能离开我的手,老人说

---

① 穷兄弟虽然富有了,但是仍不忘帮助穷苦的朋友,可见他就是老人和妖精口中的好人。

试图(shì tú):打算。
监视(jiān shì):从旁严密注视、观察。

过,如果其他人使用它,必将招来大祸①!"

于是,富兄弟把船开回家了。

可是,在一个漆黑的夜晚,富兄弟又回来了,他悄悄地进了穷兄弟的家,偷走了神磨,带着它飞快地跑到了海边,他的小船正在那里等着。然后,他开着小船驶向他的小岛。

这个富兄弟很想让磨转起来。他等不及回到家,还在船里的时候,就迫不及待地要用②。

"盐!"他说道,"我是卖盐的,盐就是我所想要的!"

说着他开始转动磨盘,盐开始从磨里出来了,他高兴得大笑起来,并唱起歌来。

一堆一堆的盐出来了,船开始往下沉,他拼命把一些盐扔进海里,但是更多的盐从磨里出来了,一堆堆的。

他不笑了,也不再唱了。接着,他开始害怕起来。

越来越多的盐从神磨里出来了,很快填满了整只船。

这时,水进来了,淹没了船。船沉了,连同这个偷磨的贼和神磨一起,沉到了海底。

在海底,神磨仍然转动着,没有人能找到它。它没有接收到停下来

---

① 一个"绝"字,突出了穷兄弟的坚决,也为下文情节的发展做了铺垫。
② "迫不及待"一词,生动形象地写出了富兄弟的急切心情,为下文的悲剧埋下了伏笔。

迫不及待(pò bù jí dài):急迫得不能等待。形容心情急切。

海水变成的传说

的指令，就这样一直转着，磨出越来越多的盐，直到永远！从此以后，海水就变成咸的了，留给人们永远都取之不尽、用之不竭的食盐！

指令（zhǐ lìng）：指示；命令。

幸福的汉斯

太有趣了，名著！ | 图说欧洲民间故事

主要人物
- 名称：汉斯
- 性格特点：天真、乐观、诚实
- 家境：贫穷

交换过程
金子→马→牛→小猪→鹅→磨刀石

故事梗概

　　幸福对于汉斯来说与财富没有必然的关联，取舍以是否符合切身需要为基本前提，而不被世俗标准束缚。

幸福的汉斯

汉斯给他的主人做了七年工,他对主人说:"老爷,我的工作期限已经到了,我现在想要回家去看望我的母亲,请把我的工钱给我吧。"主人回答说:"你给我做事既诚实又可靠,活儿干得也不错,工钱自然不能少①。"他给了汉斯一块金子,像汉斯的头那么大。汉斯从兜里掏出手巾,把金块包起来,扛在肩上,起程回家去了。

正当他倒换着两条腿,一步一步往前走的时候,一个人骑着一匹活泼的骏马,兴致勃勃地迎面走来。汉斯看见了,大声地说:"啊,骑马真好哇!人就像坐在一把椅子上,脚磕不着石头,也省鞋子,不知不觉地就往前走了。"骑马人听见了,勒住马,喊道:"喂,汉斯,你怎么步行啊?"汉斯回答说:"我扛着一块金子回家,所以只好步行。虽说是金子,可压得我脖子伸不直,肩膀也疼。"骑马人说:"我们交换好吗?我把我的马给你,你把你的金块给我。"汉斯说:"太好了!不过我告诉你,你可得扛着它呀。"骑马人下来,接过金子,把汉斯扶上马,然后把缰绳递到他手里,叫他握紧,说:"如果你要马走快些,就打着舌音喊'嘚儿——驾'②。"

汉斯非常高兴,骑着马得意扬扬地走了。走了一会儿,他想让马走得快些,就打着舌音喊:"嘚儿——驾!"马猛地跑起来,汉斯一不留神,从马上掉了下来,摔进路边的沟里。要不是一个赶着母牛的农夫拦

---

① 从主人的回答可见,他对汉斯非常满意。
② 汉斯正在为被金子压得肩膀疼而烦恼,没想到骑马人愿意用马换他的金子,他非常高兴。

兴致勃勃(xìng zhì bó bó):形容兴趣很浓厚,情绪很高涨的样子。
得意扬扬(dé yì yáng yáng):形容非常得意的样子。

住了马,恐怕它早就跑得没影了。

汉斯吃力地从地上爬起来。他快快不乐地对农夫说:"骑马真不是好玩的事情,尤其是这样的烈马,一尥蹶子就能把人摔下来,真要了命!我再也不骑马了[①]。我真羡慕你有母牛,人可以跟在后面从容地赶着它走,而且每天还有牛奶喝,有黄油和乳酪吃。要是我有这样一头母牛就好了!"农夫说:"既然你有这么大的兴趣,那我就用我的母牛换你的马吧。"汉斯非常高兴,一口答应了。农夫翻身上马,很快骑着马走了。

汉斯从容地赶着母牛,回想着这桩称心如意的交易,"只要我有一块面包——我想面包我还是有的,我就可以随时涂上黄油和乳酪吃起来;要是我渴了,我就挤牛奶喝。"他来到一家酒店门前,停了下来。由于心情非常愉快,他把随身带的食物——中饭和晚饭全都吃了,并且还用剩下的钱买了半杯啤酒。然后他赶着母牛,继续朝他母亲的村子走去。

临近中午,天气越来越热。汉斯来到一片荒原上,要走出这片荒原,恐怕还得一个多小时[②]。天气酷热,汉斯口渴得要命。他想:"我有办法,我现在就挤点牛奶,解解渴,提提精神。"他把母牛拴在一棵

[①] 骑马时间长了,汉斯觉得也不好玩,一点也不快乐了。
[②] 环境描写,渲染天气的酷热,为下文汉斯换掉这头母牛做了铺垫。

快快不乐(yàng yàng bù lè):不满意或不高兴的神情。借以形容心中郁闷,很不快活,十分丧气的样子。

尥蹶子(liào juě zi):骡马等跳起来用后腿向后踢。

称心如意(chèn xīn rú yì):形容心满意足,事情的发展完全符合心意。

幸福的汉斯

枯树上,因为没有桶,他就把自己的皮帽子放在下面,挤起牛奶来。可是费了好大的劲儿,也没挤出一滴,因为他笨手笨脚,母牛疼得忍受不住,扬起后蹄,踹在汉斯的头上。汉斯倒在地上,好半天都想不起来他在什么地方。

幸亏有一个屠夫用手推车推着一头小猪,从这里路过。"你这是怎么了?"他大声说着,把汉斯从地上扶起来。汉斯讲了事情的经过。屠夫把酒瓶递给他说:"喝点酒,恢复一下精神吧。这是一头老母牛,已经挤不出奶了,最多只能拉拉犁,要不就把它宰掉。"汉斯用手摸着自己的头发说:"哎,谁能想到这一点呢!不过把母牛牵回家去,宰了吃肉,倒也不坏。可是我对牛肉不大感兴趣,因为它水分太少了。我倒希望有一头小猪!猪肉吃起来味道大不一样,还可以做香肠。"于是屠夫说:"听着,汉斯,如果你愿意,我就用我的小猪换你的母牛吧。"汉斯把母牛交给屠夫,屠夫把小猪从车上解下来,然后把拴着小猪的绳子递到汉斯的手里①。

汉斯牵着小猪继续往前走,心想:自己凡事都很称心如意,虽然会遇到烦恼的事,但是马上又好转了。

后来一个小男孩和他结伴走,小男孩胳膊下面夹着一只美丽的白鹅。他们互相打过招呼,汉斯开始讲他的好运气,说他是如何同人交换东西,还总是占了便宜。小男孩告诉他,这只鹅是拿去给一个孩子洗礼时做酒席用的。他抓住鹅的翅膀接着说:"你掂一掂,看它多重啊!才喂养了两个多月呢,要是把它烤了吃,咬一口嘴边都会流油

① 汉斯认为牛肉的味道没有猪肉好,于是和屠夫做交换。

的。"汉斯用手掂着说:"是呀,它很重,可是我的猪也不坏呀。"这时小男孩若有所思地朝四处望望,摇摇头,然后说:"喂,你的小猪怕是来路不正。刚才我路过一个村子,村长猪圈里的猪被人偷走了一头,我担心你手里的这头猪就是被偷走的那头。他们已经派人在找了,要是他们把你连同猪一起抓住,那可就糟了,至少也得把你关进黑暗的牢房。"善良的汉斯害怕起来了。他说:"啊,你在这一带比较熟悉,你把我的小猪赶走,把你的鹅留给我吧。"小男孩回答说:"这我可得冒点风险,不过我也不能看着你有难而不管。"于是小男孩答应下来,接过绳子,赶着小猪急忙从小路走了①。汉斯不用再担心了,他把鹅夹在胳膊底下朝母亲家走去。他自言自语地说:"如果我没算错的话,这次交换我又占了便宜:先吃味道鲜美的烤鹅肉,然后把炸出来的油用来做鹅油面包,可以吃上三个月,最后用美丽的白鹅毛做枕头,我可以舒舒服服地枕在上面睡觉。我母亲一定会很高兴的。"他路过最后一个村子时,看见一个磨剪人扶着小车站在那里,车轮子咕噜噜地响,他唱道:"我磨剪刀,脑子灵活,随机应变,看风

---

① "急忙"一词,生动形象地写出了小男孩眼看着占了便宜急忙离开的迫切心情。

若有所思(ruò yǒu suǒ sī):好像在思考着什么。形容沉思的样子。
自言自语(zì yán zì yǔ):自己跟自己说话;独自低声说话。
随机应变(suí jī yìng biàn):随着情况的变化,掌握时机,灵活应付。
看风使舵(kàn fēng shǐ duò):比喻态度、做法等跟着情势转变方向(含贬义)。

幸福的汉斯

使舵①。"

汉斯停下来,望着他,然后同他搭起话来:"你磨剪刀这样快活,生活一定很不错吧?"磨剪人回答说:"是呀,一艺在手,吃喝不愁嘛。一个真正的磨剪人,手往兜里一伸就能抓到钱。你在哪里买到这样漂亮的鹅?"——"这不是买的,是我用小猪换的。"——"那小猪呢?"——"是我用一头母牛换的。"——"那母牛呢?"——"是我用一匹马换的。"——"那马呢?"——"是我用一块金子换来的,那块金子有我脑袋这么大。"——"那金子呢?"——"唉,是我做了七年工的工钱。"磨剪人说:"你随时都有办法。不过要是你一站起来,就能听见兜里的钱哗啦哗啦响,那你就幸福了。"汉斯说:"这我怎样才能做到呢?""你必须像我一样,做个磨剪人。其实只要有一块磨刀石就行了,别的东西自然有办法。我这里有一块,虽然有点儿磕碰,但问题不大,只要用你的鹅来换就行了。你要吗②?"汉斯回答说:"这还用问?我要成为世界上最幸福的人了,我的手往兜里一伸就有钱了,我还有什么可担心的呢?"说着他把鹅递给磨剪人,从他手里接过磨刀石。磨剪人搬起他脚旁一块普通的大石头,说:"这里还有一块坚硬的石头,你可以在上面把旧钉子砸直。你拿上,好好地把它扛回家去吧。"

汉斯扛起大石头,继续愉快地往前走,他的眼睛高兴得直发光。他

① 点明磨剪人的性格特点,也为下文汉斯用鹅换磨刀石起到铺垫作用。
② 通过前面一系列对话,磨剪人了解到汉斯换物的经过后,决定再次骗汉斯换物。与上文呼应,更加突出磨剪人的"随机应变,看风使舵"。

喊道:"我生下来的时候,头上一定有胎膜,我万事如意,真是个幸运儿①!"因为他一大早就起来赶路,这时也觉得累了。另外,他肚子也饿得发慌,他在换了母牛的时候,认为占了便宜,心里高兴得把随身带的食物一下子全吃光了。最后他只能一步一步地往前走,而且走几步就得歇一歇。还有,那块石头压得他的肩膀受不了。于是他禁不住想,要是现在不用扛着这两块石头,那该多好哇!

他像一头牛似的,朝田里的一口井边爬去,想在那里休息一会儿,喝点清凉的井水解渴。为了在坐下的时候不把石头碰坏,他先把石头慢慢地放在井沿上,然后才坐下来。他刚想弯下腰去喝水,可是一不留神,轻轻地碰了一下石头,那两块石头便扑通扑通地掉下井去了。汉斯眼看着石头落到井底,高兴得跳了起来,因为他从石头的重压下被解救出来了,他这唯一的烦恼没有了。他叫道:"天下再没有像我这样幸福的人了。"他摆脱了一切负担,怀着轻松愉快的心情,蹦蹦跳跳地向前走去,最后回到了他母亲的家里……

① 汉斯觉得自己是个幸运儿,虽然东西越换越不好,但是他觉得自己很快乐。

解渴(jiě kě):消除渴的感觉。

茨冈人的故事

主要人物
- 名称：茨冈人
- 特点：聪明、狡猾
- 事件：骗过巨人，从巨人那里得到了好多金子

次要人物
- 名称：巨人
- 特点：愚蠢、凶残

读懂经典文学名著，爱读会写学知识
★ 听故事学知识
★ 跟名师精读名著
★ 名著读写方法指导

故事梗概

  茨冈人凭借自己的智慧，骗了巨人，从巨人那里得到了花也花不完的金币和金子。

森林深处有一座废弃的磨坊,那里很久没有人去光顾了,据说那儿经常闹鬼。

有一天,一个茨冈人偷了一袋玉米,正盘算着去哪儿磨玉米粉,才能不让别人知道。于是他想起了森林中的这座旧磨坊①。

他对妻子说:"给我准备一个面包和一块鲜黄油,我夜里去磨玉米粉。"

茨冈人进了磨坊,点燃松脂,关好门,开始干起活来。正在这时,一位巨人路过这里,他听到磨坊里有水轮转动的声音,十分好奇,就来到磨坊前敲门:"开门!"

"不开!"茨冈人说。

"开门!"巨人大声嚷起来了,"不然我揍死你②!"

茨冈人从袋子里摸出黄油,抓在手心,把手指头从砖缝中伸过去。黄油溶化了,从指头上流下来。"来吧,你这个暴徒!"茨冈人叫道,然后嘿嘿地笑了,"你瞧,这块砖为什么会化成水?你莫非想要我把你的肠子全都掏出来?"

巨人听了,赶忙换成温柔的口吻说:"你为什么要发这么大的火?我们可以言归于好,我本人也不是胆怯之辈③!"

茨冈人开了门,他和巨人坐到天亮,互相吹捧着自己。后来,巨人

① 承接上文,为下文做铺垫。
② 语言描写,一个"嚷"字,生动形象地写出了巨人的凶狠。
③ 巨人明明是被茨冈人吓到了,却说自己不是胆怯的人,可见其虚张声势。

溶化(róng huà):(固体)溶解。
胆怯(dǎn qiè):胆小;缺少勇气。

感到饿了,说道:"茨冈人,我们一起去吃早点吧!"

"我给自己准备了早点,你想吃什么自己动手弄好了。"茨冈人回答道。

"行,我去找头牛来吃。一头大牛足够我们两个人吃的。你去拾点柴火准备烤肉吃。"巨人从附近的牧场赶来一头牛,他把牛杀了,准备用叉子叉着牛肉烤着吃。去拾柴的茨冈人却未回来。巨人就到森林中去找,他看见茨冈人慢腾腾地在一棵大水青冈树下挖洞。巨人诧异道:"你这是在干什么[①]?"

"等一会儿你就知道了,我不想一点点背着柴来回跑,想把这棵大树整个拖到磨坊去!"

"我们要一整棵树干吗?"巨人发怒道。他折了几枝大树枝,放在肩上扛回磨坊去了。

"你喜欢做什么?是去提水呢,还是用叉子烤牛肉?"巨人问。

茨冈人答道:"我来烤牛肉。"

巨人拿着一张牛皮取水去了,等他取水回来,只见牛肉的一面烧焦了,而另一面完全是生的。"你为什么不翻一下呢?四面都要烤哇!"巨人用责备的口吻说。

"我只要一面就足够了,"茨冈人说,"如果你觉得少了,就自己翻吧!"

巨人只好把牛肉翻了一面继续烤。不一会儿,牛肉熟了,巨人就

---

① "诧异"一词,体现了巨人对茨冈人做法的不解。

说:"现在开始吃吧,看看我们当中谁是真正的能人①!"

巨人在这边吃肉,茨冈人则在另一边吃。茨冈人吃不了这么多,就一边吃一边把牛肉悄悄地放到衣袋里,把衣袋装得鼓鼓的。最后巨人吃饱了,连气都喘不上来,剩下的牛肉也不吃了。但茨冈人还在吃得津津有味。巨人见了,十分敬仰,拥抱茨冈人道:"好兄弟,这下我服你了,你跟我走吧,我想给我的伙伴们介绍你这位真正的好汉②!"

茨冈人十分高兴,他们便一起来到巨人村。一群巨人正在园子里摘樱桃,巨人把树枝压弯了,然后一只手按住树梢,一只手摘樱桃。茨冈人很喜欢这个工作,他来到一位巨人身边,装作帮他压树枝的样子,另一只手一颗一颗地把樱桃往嘴里送。突然,巨人松开了树枝,树枝伸直了,茨冈人一下子被弹上了天,掉下来时,正好看见树上的大鸟窝里有一只乌鸦在孵雏鸦,他立即捉了一只小乌鸦放进衣兜里,从容地爬下树来。"你怎么被树枝弹飞了?"巨人问。

"弹飞?不是的,是我看见天上有一只鸟,就跳起来去抓鸟了。你看!"茨冈人一边说着,一边从衣袋里掏出小乌鸦③。

这时,不知从哪儿窜出来一只兔子。茨冈人叫道:"抓住它!抓住它!"

巨人拔脚就追,追了好一阵,还是没逮住兔子。

① 茨冈人的做法激起了巨人的好胜心,巨人想要和他比一比。
② 巨人对茨冈人心服口服,决定给他的伙伴介绍茨冈人。
③ 茨冈人再一次凭借自己的聪明机智吓唬住了巨人。

敬仰(jìng yǎng):敬重仰慕。

茨冈人的故事

"你呀,"茨冈人讥笑道,"如果连地上跑的野兽都追不上,怎么能到天上去抓飞鸟呢?"巨人们听了他的话,都佩服得五体投地。他们带茨冈人去见头领,向头领介绍他们亲眼看到的奇迹。头领非常高兴,要茨冈人留在这里和他们一起生活。

早上,头领派两个巨人和茨冈人去运水,他给每个人发了一个牛皮做的皮囊。可怜的茨冈人连一个空皮囊也是费了九牛二虎之力才拿得动,他一会儿在地上拖,一会儿放在背上扛。同时,他不停地思考着如何摆脱这难堪的处境。

他们来到泉边,巨人们装满了一皮囊水。茨冈人一点儿也装不进,他便摸了一把铁锹,想从源头挖一条水渠直通家里。

"你在干什么?"巨人们问。

"难道你们看不见?"茨冈人回答说,"本来可以把水直接引到家里去,为什么要每天去提水呢?把水引到家里不是更好吗?每天都有新鲜水流下来[①]!"

巨人们说:"不要挖水渠!水渠会把我们住的地方淹掉的。"

"不会的,我要挖!"茨冈人坚持道,"我无论如何都不想提水!"

"亲爱的,请别再挖了,我们把你和你的水一起提回去!"

[①] 茨冈人一点儿也装不进水,于是又开始想办法了。

五体投地(wǔ tǐ tóu dì):指两手、两膝和头着地,是佛教最恭敬的礼节,形容敬佩到了极点。

水渠(shuǐ qú):人工开凿的水道。

巨人们回去后把情况向头领报告，巨人头领说："既然如此，就不要让他去提水，我叫茨冈人到森林里去砍柴。"

早上，头领派两位巨人和茨冈人一起到森林里去砍柴。巨人们走进森林，砍下一棵水青冈树，把它锯成几段，放在肩上扛着。而茨冈人却解开一条非常长的绳子，这条绳子是他从家里带来的，几乎把半个森林都围住了。

"你这是要干什么？"巨人们惊奇道。

"没什么。为什么每天早晨要到林子里来砍柴呢？我一下子就能搬回十天半个月的柴火。"

巨人们议论开了："亲爱的，这用不着！你把柴都堆到院子里的话，我们就只得从柴堆上爬过去才能进门了！"

"我只愿按自己的办法去做，我才不想每天去砍什么柴。"

"请你听我们的话，我们把你和你的木柴一起运回去！"后来，巨人们天天劝茨冈人，但他根本不愿听。巨人们只好向头领说了茨冈人的情况。头领听了，便对茨冈人说："我们住的地方本来就够乱的了，大家都住得很挤。现在赠给你五十杜卡特金币，你拿着另找好地方去安身吧①！"

"我不想到别的地方去！"狡猾的茨冈人回答道，"我在这儿挺不错。我和你们就像针和线一样不能分离，你们去哪儿我也跟着去！"

夜里，茨冈人睡在火炉边，那儿又舒服又暖和。他听见巨人们在房

---

① 茨冈人的做法把巨人吓坏了，生怕他坚持这么做，只好给他一笔钱让他走。

茨冈人的故事

间里商谈着:"应该把这个家伙干掉,要不他会纠缠个没完的!"

茨冈人知道了巨人们的阴谋后,便从贮藏室找来一副马鞍,把它放在火炉边,用被子盖着马鞍来代替自己,而他自己却躲到贮藏室睡觉去了。过了一会儿,一个巨人提着一柄大铁锤来到火炉旁,只听轰隆一声巨响,原来是巨人把马鞍连同被子砸碎了!

"行了!"巨人心想,便回去睡觉了。

巨人走后,茨冈人把马鞍又放回贮藏室,自己又躺回原来的地方睡了。天刚亮他就爬起来,把火炉生上火,嘴里还哼着小曲。巨人们跑来一看,真是奇迹:茨冈人不仅活着,而且十分高兴。

"你昨晚睡得怎么样?"巨人们问道。"好极了!只是被跳蚤咬了一下,天知道,这种坏蛋有多少!"

巨人们默默地互相推了推手,回头把事情又报告给头领。头领又来找茨冈人谈话。

"实在对不起,我们地方太窄了。而且我直率地对你说,你和我们是不能够永远在一起的,因为你是英雄中的英雄。这里有一百杜卡特金币,请收下吧。你从哪儿来就回哪儿去好了[①]!"

"不,即使给我一千金币我也不会离开你们,"茨冈人答道,"我在这儿很好,为什么要我离开这儿呢?我家里没老没小,没人会想

[①] 通过对巨人头领的语言描写,可以看出巨人真的不想让茨冈人住在这里了。

贮藏(zhù cáng):储藏。
直率(zhí shuài):直爽。

念我，没人会向我要吃的。"头领听了只好作罢。

到了节日，巨人们放假，到野外举行运动会，比赛扔石头，看谁扔得更远。只见巨人们一个个拿起一大块石头，并举过肩用力向前推去……轮到茨冈人扔石头了。他问道："远方是不是有一座带高塔的城堡？"

"你问这个干什么？"

"你们稍微安静一下，马上就可以看见，那座高塔就要倒下来了！"茨冈人把石头举过了肩。

"哎呀！快别向那儿扔石头，"巨人们齐声恳求道，"向别的地方扔吧，那座城堡里住着我们的大王。如果你击倒了他的宝塔，他会把我们的脑袋全砍下来的！"

"这与我何干？"茨冈人挥手道，"我既不怕你们，也不怕你们的大王！"他撸起袖子准备把石头投过去。

巨人们围上前来说："亲爱的，我们的好兄弟！听我们的话！我们送你一袋金币和金子，只恳求你离开这里！我们把你和赠给你的东西全送到你家，不劳你亲自动手。"

蛤蟆跳水不需要过多的强迫，巨人们也不用劝说得太久，他就答应了。他骑在一个巨人的肩上，另外两个巨人扛着装满金币和金子的袋子，便出发了。临行前，茨冈人听见头领悄悄地吩咐巨人道："我很希望你们把金币和金子带回来！"

茨冈人装作一无所知的样子。他们快到茨冈人家里了，正要挤过一

一无所知（yī wú suǒ zhī）：什么也不知道。在某些语境中也特指愚昧，不知道很多东西。

茨冈人的故事

扇低矮的门，却怎么也挤不进去。那个扛袋子的巨人拖长声音叹了口气道："哎哟！"茨冈人像被风吹走了一样，纵身跳上了房顶。

"这是怎么回事？"巨人们不安了。

"请等一会儿，现在由我的烟囱来回答。假如你们还想活着回家，你们把它的话转告给你们的头领！"茨冈人的声音传来。

还没等"烟囱"继续说话，巨人们已经感到害怕，便扔下金币和金子，撒腿就往回跑。茨冈人得到了满袋子金币和金子，花多久都花不完①！

① 茨冈人凭着自己的机智，吓住了送他回来的巨人，自己还得到了一大笔金币和金子。

小老鼠和大象

|图说欧洲民间故事|

主要人物
- 名称：小老鼠
- 性格特点：自命不凡、自我吹嘘
- 事件：和大象比本领

主要事件
- 起因：小老鼠自以为很了不起，可是别人却说大象本领高，它想要和大象比一比
- 经过：小老鼠去找大象比本领
- 结果：小老鼠被大象收拾了

故事梗概

小老鼠自命不凡，见别人说大象本领高强，便想要和大象比本领。它一路上吓住了不少的动物后，更加骄傲了，可是真的遇到大象后，却被大象打败了。

小老鼠和大象

一只小老鼠有一面镜子,这不是普通的镜子,而是一面神奇的哈哈镜。不论谁照,都显得仪表非凡,而且镜子能把它放大很多倍①。

这只小老鼠经常在这面神奇的镜子前自我欣赏,总觉得自己很了不起,觉得自己举世无双、形象高大。于是,它瞧不起同类,不愿意和别的老鼠一起玩耍,甚至不和它们说话。它总是坐在一个角落里,装腔作势,搔首弄姿;或者一边理着小胡子,一边用爪子在地上拍几下,然后再把耳朵贴到地面上,听一听地球是不是在抖动。这小家伙根本没有想过这个世界上还有比它更仪表非凡,更有力量的动物。总之,它非常自负②。

小老鼠有一个饱经世故的姑妈,有一天姑妈告诫它,说:

"好侄子,你可要注意,现在大家都说你过于骄傲,自以为是兽类中的佼佼者。你小心点,大象是不喜欢别人说大话的。"

"大象?大象是个什么东西!你让它马上过来,看我如何让它粉身碎骨!"

姑妈见多识广,听了小老鼠的话,觉得很可笑,便说:

"大象是世界上最有力量的动物,还没有听说过有谁不怕它呢!"

---

① 开篇介绍这面镜子的神奇之处。
② 通过对小老鼠动作和神态的描写,生动形象地写出了小老鼠的自负。

举世无双(jǔ shì wú shuāng):全世界找不到第二个。
装腔作势(zhuāng qiāng zuò shì):故意做作,装出某种样子给人看。
佼佼(jiǎo jiǎo):胜过一般水平的。
见多识广(jiàn duō shí guǎng):见过的多,知道的广。形容阅历深,经验多。

小老鼠很不服气,大声嚷道:"大象比我还强大吗?这绝不可能!"说完,它便出发去寻找大象,想同大象较量一番,比个高低[①]。

在一块林间空地上,小老鼠遇见了一条绿色的蜥蜴。

"你是大象吗?"小老鼠问。

"不,我是蜥蜴,你找大象做什么?"

"那算你走运。如果你是大象,我非把你碎尸万段不可。"看见小老鼠这样狂妄自大,蜥蜴不禁哈哈大笑起来。这惹恼了小老鼠,为了表示自己力大无穷,它用小爪子在地上敲了敲。说来凑巧,偏偏这时候天上打了一个响雷,蜥蜴吓了一跳,慌忙溜到石缝里藏了起来。它还以为这是小老鼠敲出来的。

"真是力大无穷啊!"

小老鼠扬扬得意,大摇大摆地走开了[②]。它往前走了不远,又遇到一只甲虫。

"喂,你是大象吧?"小老鼠问。一提起"大象"这两个字,甲虫变得很胆怯,连忙摇头否认:"不!不!我可不是大象,我是甲虫[③]。"

"那算你走运。不然的话,我非把你踩成烂泥不可。"

---

① 姑妈的话引起了小老鼠的不满,使它生出了想要和大象比一比的心思。
② 小老鼠觉得是自己吓住了蜥蜴,更加骄傲自大了。
③ 通过对甲虫语言和动作的描写,形象地写出了甲虫对大象的害怕,从侧面衬托出大象的强大。

碎尸万段(suì shī wàn duàn):极言对罪大恶极者予以严厉的惩罚。

小老鼠和大象

甲虫听到小老鼠的自吹自擂,冷笑了一声。这时候小老鼠又把爪子高高举起,使劲往地上一拍,但是这一次却没有听到雷鸣般的响声。他又使劲地拍了拍地面,仍然连一点轻微的响声也没有听到,小老鼠心想:"可能是土地太潮湿,发不出声音。"小老鼠又跑向别的地方了。

刚走不远,它就看到树下有个怪模怪样的家伙正愁眉苦脸地伏在地上一动不动。它想:"这可能就是大象,它看见了我,知道自己马上要倒大霉了,所以才愁眉不展。"小老鼠轻蔑地问它:

"快说实话,你是不是大象①?"

那个动物笑着回答:"我不是大象,我是狗,是世界的主宰者最忠实的朋友。"

"谁是世界的主宰者?"

"当然是人。"

"原来如此,算你走运。如果你是大象,免不了要遭殃。只是我要你记住,世界的唯一主宰者是我,而不是人!所以你最好收回刚才说过的话。"

狗想嘲弄一下这位吹牛大王,于是说道:

"你说得对极了,伟大的老鼠!连人也要为你效劳,他们辛苦种出来的粮食是为了供你糟蹋的。"狗说完就走开了。

① 运用神态和语言描写,生动形象地写出了小老鼠对大象的不屑一顾。

自吹自擂(zì chuī zì léi):自己吹喇叭,自己打鼓。比喻自我吹嘘。
轻蔑(qīng miè):轻视;不放在眼里。
糟蹋(zāo tà):浪费或损坏。

小老鼠继续往前走,来到了密林深处。它看到了一个动物,身子像小山一样高大,腿像树干一样粗,似乎是前后两头都长了尾巴,前面的稍长,后面的稍短。

"你是大象吗?"目空一切的小老鼠倾尽全身的力气高声喝问。

大象往四面张望了一下,什么也没有看见。当小老鼠跳到一块大石上时,大象才发现它。

"是的,我是大象。"

"你胆敢嘲笑我,无视我的存在,而且你还吓了我一跳!"小老鼠用小爪子拍打着石头,大声尖叫,但是这一次仍然没有发出雷鸣般的巨响。

小老鼠的愤怒没有引起大象的任何反响。大象泰然自若,无动

目空一切(mù kōng yī qiè):一切都不放在眼里,形容骄傲自大,什么都看不起。

泰然自若(tài rán zì ruò):形容镇定、毫不在意的样子。

无动于衷(wú dòng yú zhōng):心里一点儿不受感动;一点儿也不动心。指对令人感动或应该关注的事情毫无反应或漠不关心。

小老鼠和大象

于衷。它不慌不忙地吸满了一鼻子水,朝着狂妄的小老鼠喷去。一股巨大的水柱把小老鼠从石头上冲了下来。小老鼠灌了一肚子水,几乎呛死。

被大象这么一喷,小老鼠终于清醒过来了,勉强爬出水洼。它完全没有料到和大象的决斗竟会以这样惨淡的结局收场。小老鼠一瘸一拐地回到了家。

从此,小老鼠知道了世上有比它强大得多的动物,再也不敢自命不凡、自我吹嘘了,那面让它得意忘形的哈哈镜也被它打碎了[①]。

① 小老鼠被大象收拾了,再也不敢得意忘形了。

狂妄(kuáng wàng):极端的自高自大。

小精灵

|图说欧洲民间故事|

- 主要人物
  - 名称：乔纳森·格雷
  - 特点：勤劳、知恩图报
  - 职业：农场主

- 次要人物
  - 名称：拉尔夫
  - 特点：勤劳、忠诚
  - 职业：乔纳森·格雷的帮工

故事梗概

小精灵帮助乔纳森·格雷干活，他为了感谢小精灵的帮忙，坚持每天给小精灵放一份奶酪。直到第三代子孙的妻子克扣了小精灵的奶酪，引起了小精灵的报复，他们不得不外出谋生。

小精灵

一场罕见的大雪袭卷了法恩带尔地区，厚厚的积雪覆盖了荒野上的一切。寒风吹过，雪堆上升起薄雾般的蓝白色涡流。峡谷堵塞，河流结冰，白色的死神悄悄降临到约克郡①。冰天雪地里，似乎一切生命都已消失，但是农场上的情景却略为不同。那儿的人们必须照料牲畜，熬过漫长寒冷的冬季，直至春风再次吹拂大地。

在乔纳森·格雷的农场里笼罩着焦急的气氛。这场大雪把很多羊都困在了荒野上。因为祖辈几代人的辛勤劳作，乔纳森的农场在这一带很有名气。尽管日子过得并不富裕，可他的妻子特别能干，家庭和睦，即便是在农场帮工的人也觉得十分自在。

拉尔夫从十岁起就来到了乔纳森家里，跟乔纳森学做各种农活。等他长成一个强壮高大的青年时，手艺已超过了他的主人，成了远近闻名、技术超群的行家里手。因此，为了感谢乔纳森夫妇的培养，他尽心尽力地干活。在羊群遇难的紧急关头，他会自告奋勇到雪地里解救羊群。乔纳森夫妇目送着他手持牧羊杖，迈着坚定的步伐出发了。一阵暴风雪吹过，拉尔夫已无影无踪。

几个小时、几天、几个星期过去了，拉尔夫没有回来②。等到雪过

---

① 环境描写，渲染了环境的恶劣，推动了故事情节向前发展。
② "几个小时、几天、几个星期"突出了时间的漫长，更能烘托人们内心的焦急。

笼罩（lǒng zhào）：像笼子似的罩在上面。
自告奋勇（zì gào fèn yǒng）：主动地要求承担某项艰难的工作。
无影无踪（wú yǐng wú zōng）：没有一点儿踪影。形容完全消失，不知去向。

天晴后，人们出去寻找，才发现冻死在雪堆里的拉尔夫。拉尔夫的死对农场是一个沉重的打击，乔纳森失去了一个好帮手，一个最忠实的仆人。他们夫妇像失去了亲生儿子一样悲伤，忧愁笼罩着一切。

这天夜里，乔纳森愁眉不展地躺在床上，无法入睡。忽然，从隔壁谷仓里传来一阵奇怪的声音，砰、砰、砰，这响声平稳地、有节奏地响个不停。他怀疑自己是不是在做梦。不一会儿，他的妻子也被惊醒了。他们坐起身侧耳细听。几分钟后，所有的人都醒了。他们一个个头发蓬乱、睡眼朦胧，裹着毯子或被子，趿着靴子，挤在一起互相打听。

"是什么东西在响？"受惊的女佣人们挤在一起。一个男仆道："有人在谷仓里打谷子！"他们又听了一会儿，乔纳森说："真的，有人在谷仓里打谷子！"他这样说着，却没有移动脚步上前查看，其他的人也不敢贸然走过去。于是他们又各自回到床上，又惊又怕、疑惑不安地过了一夜。一直到东方发亮，那声响才停止。乔纳森领着大伙小心翼翼地走到谷仓门口，向里张望，谷仓里竟出现了一大堆谷粒。他们几乎难以相信自己的眼睛，这么多的活，就是拉尔夫在世也干不了[①]！

第二天夜里，神秘的打谷人又开始干活了。乔纳森认为还是不要打扰他为好。等到所有的谷子都打光的时候，人们已习惯了那种声音，可以入睡了。从这时候起，隐形人就成了农场的一员。秋天他把干草拉进

[①] "这么多的活，就是拉尔夫在世也干不了"，再次提到拉尔夫，突显出这个神秘的打谷人非常能干。

小心翼翼（xiǎo xīn yì yì）：原形容严肃虔敬的样子，现用来形容举止十分谨慎，丝毫不敢疏忽。

小精灵

谷仓，夏天他收割庄稼，春天他在地里播种。尤其是在剪羊毛的季节，更显得他本领出众：在一夜之间不仅把整个羊群的羊毛剪完，还把它们仔细打成卷。乔纳森和农场的工人简直没活可干了。人们都相信，现在的农场吉星高照，好运来临。

有的人认为暗中帮忙的一定是拉尔夫的鬼魂，但更多的人猜测，如此能干的一定是全约克郡人都知道的小精灵①。他们身材矮小，皮肤呈褐色，身上长着粗粗的毫毛，被人们称作"顽皮的小妖精"。他们对人类友好，经常帮助人，性情温和。他们最不能忍受的就是让他们穿衣服。住在伦斯威克海湾山洞里的小精灵最有本领、最乐于帮助人。他们的特殊法术是能治好患有百日咳的孩子。如果想得到他们的帮助，只需把孩子带到洞口，念上几句：

山洞精灵，山洞精灵，

我可怜的孩子咳个不停，

请你给他治病。

然后回到家里，一两天后孩子的咳嗽就会痊愈。

乔纳森·格雷对给自己帮忙的小精灵非常感激，也就不在意他是不是拉尔夫的灵魂了。过了好长一段时间以后，他和妻子商量怎么才能既

---

① 时间长了，人们不禁对暗中帮忙的人进行猜测。

吉星高照（jí xīng gāo zhào）：吉星，指显示吉兆的星。借指能带来吉祥的人或事物。吉祥之星高高照临。

痊愈（quán yù）：病后恢复健康。

不得罪小精灵又报答小精灵的好心①。妻子很聪明,她建议每天晚上在谷仓里放上一碗最好吃的奶酪。他们试了一次,第二天碗里的东西果然不见了。

从此,小精灵就一直在农场帮忙,而主人们也从未忘记每晚给小精灵一碗奶酪作为报酬。几年以后,乔纳森夫妇已经变得十分富有,不过,像任何人一样,他们终有生命结束的一天,这个农场也就传给了他们的儿子。小精灵依然如故,每晚干两个壮劳力的活,得到一碗奶酪。农场一直保持着平静与繁荣。作为乔纳森的孙子,第三代的农场继承者也叫乔纳森,他接管了全部农场和小精灵,他的妻子玛杰里像母亲和祖母一样,每晚按时给小精灵奉上一碗上好的奶酪。

然而,没有一个人的好运能够天长地久地永远保持下去②。正值青春年华的玛杰里不幸去世,留下了孤孤单单的乔纳森。玛杰里死后,他才意识到她所干的活和小精灵干的一样多,一样重要。没有了她,全家不能按时开饭,衣服总是洗不干净,孩子们也常常生病。最悲痛的时刻过后,常识告诉他应该再找一个妻子。尽管他没有心思去经营此事,但没过多久,玛杰里的位置还是有人代替了。

婚后不久,乔纳森就发现第二任妻子远不如玛杰里能干,并且生性爱妒忌,自私小气。她不仅克扣雇工的工钱和伙食,还盘算起为小精灵准备的奶酪。

"你的那个精灵!"她气呼呼地说,"吃这么好的奶酪,我们这些

---

① 乔纳森·格雷对给自己帮忙的小精灵非常感激,便想要报答小精灵,这说明他是一个知恩图报的人。
② 过渡句,起到了承上启下的作用。

小精灵

人却只有牛奶喝。谁能肯定是小精灵吃掉了奶酪?也许是猫或老鼠吃掉了。要是继续这么喂下去,我们会变穷的①。"

乔纳森听了这些话并没在意。他想:"只要我还是农场的主人,就得照样酬谢小精灵。"但是,有了这样唠唠叨叨、一意孤行的妻子,丈夫还能是自己农场的主人吗?

冬季来临了,牧草、黄油渐渐少了,市场上奶酪的价格一直往上涨,乔纳森的妻子一天天地减少给小精灵的奶酪,直到有一天晚上,丈夫还在干活,她仍像往常那样给小精灵放了一个碗,然而碗里盛的东西却只有一点脱过脂的淡牛奶。

也就是在这天夜里,小精灵干活的声音在持续了几十年后第一次中断了。不再有人给农场打扫、修理马具、梳理羊毛和纺线了。春天到了,小精灵不再帮着晾晒干草;夏天来临,小精灵不再帮着剪羊毛;秋天,小精灵不再收拾干草、捆扎草垛、运送进仓。农场变得很不景气,更糟糕的事接二连三地发生。刻薄的妻子用搅拌器做黄油时,无论怎么做也做不成。家里所有的乳酪都长满了黑霉,装在袋子里挂在房梁上的火腿生了蛆,制好的咸肉竟然变了质,就连准备在圣诞节拿去市场卖的肥鹅也被狐狸偷走了。奶牛不再产奶,羊蹄长疮,养的猪纷纷死于瘟疫。以前所有的好运转眼间都变成了灾难②。

① 乔纳森的第二任妻子对每天给小精灵奶酪感到不满。
② 乔纳森的第二个妻子克扣了小精灵的奶酪,结果遭到了报应。

一意孤行(yī yì gū xíng):不听劝告,固执地照自己的意思行事。
接二连三(jiē èr lián sān):一个接着一个,形容接连不断。
瘟疫(wēn yì):流行性急性传染病。

接踵而来的是房子里开始闹腾起来。从前小精灵干活时发出的声音开始平静下来，取而代之的是各种各样可怕的喧闹声：厨房里像有人在扔东西，火钳、通条、铁铲乒乒乓乓地扔在地上，铝盘、铝锅上金属勺子叮当乱敲，陶盆、瓦罐互相碰撞成碎片，水壶、水桶铿锵作响。在其他房间和门厅里，哭嚎声、咚咚声、砰砰声、震耳欲聋，使人听了手脚冰冷。无形的手扯掉床单，熄灭蜡烛，移动家具，锁住房门，打开院厅，让牲畜们自由自在地跑向荒无人烟的田野里。

这样可怕的地方谁还能忍受？仆人无法在屋子里停留，雇工们也没法在地里干活了，纷纷辞工而去。

乔纳森对此一筹莫展。原来那个健壮、快乐、成功的农场主不见了，取而代之的是一个贫穷、焦躁、衰老的人。尽管他一直怀疑是妻子得罪了曾经帮助过祖父、父亲创立家业的小精灵，但他的妻子却不承认①。过了很长时间以后，她才告诉丈夫她曾经有一次只给小精灵放了一碗脱过脂的淡牛奶。

乔纳森知道事情的起因以后失望极了，他非常清楚是小精灵在报复他。尽管他试着用很多方法平息小精灵的愤怒，但是毫无作用。最后，精神低落、病病歪歪、一贫如洗的乔纳森只好决定离开这个经营了几代的农场，去他乡谋生。

① 乔纳森的妻子不肯承认是自己得罪了小精灵。

震耳欲聋（zhèn ěr yù lóng）：耳朵都快震聋了，形容声音很大。
一筹莫展（yī chóu mò zhǎn）：一点儿计策也施展不出，一点儿办法也想不出。

小精灵

　　除了家里的人,没有外人来帮忙捆行李,当然也没这个必要,因为他的东西已经少得可怜了。装车也十分简单,留在农场里唯一的一匹马垂首站立在两辕之间准备驾车。最后被装上车的是那张古老的鸭绒床垫:几代农场主都是在这张床垫上出生、去世的。它被放在其他破烂的上边,那台陈旧的木搅拌器也被竖立在车子上。刻薄的妻子爬上车坐在床垫上,沮丧的乔纳森坐在车前,抓起缰绳,悲伤地看了被抛弃的、生他养他的农场最后一眼,便驾起马车出发了。马车载着悲伤的一家缓缓地上了大路。

太有趣了，名著！ | 图说欧洲民间故事

杰克神豆奇缘记

- 主要人物
  - 名称：杰克
  - 身份：寡妇的儿子
  - 家境：贫穷

- 次要人物
  - 名称：吃人魔
  - 性格特点：愚蠢、凶残
  - 结局：摔死了

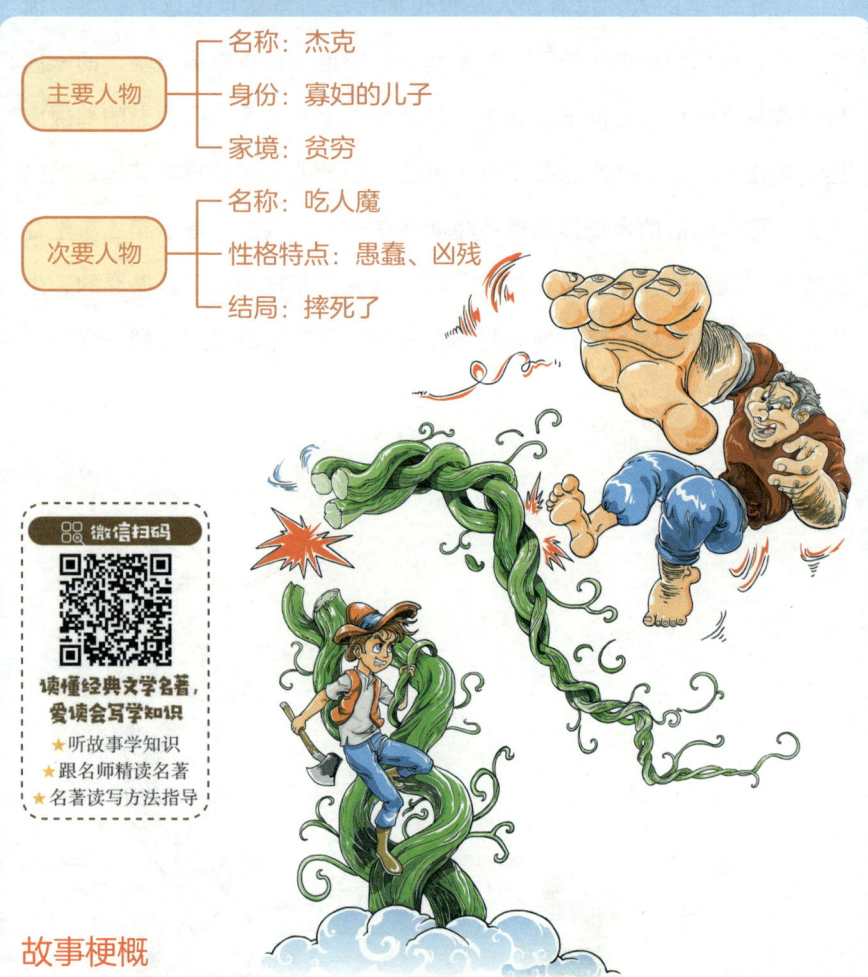

微信扫码

读懂经典文学名著，
爱读会写学知识
★ 听故事学知识
★ 跟名师精读名著
★ 名著读写方法指导

故事梗概

杰克用自己的奶牛换了老人五粒豆子，这五粒豆子的茎梢竟然钻进了云彩里面，杰克沿着豆茎爬到了天上，遇到了吃人魔的女人，女人招待了杰克并把他藏在了烤箱里，杰克走的时候偷了吃人魔神奇的花母鸡，被吃人魔发现，吃人魔在追赶杰克的过程中摔死了。

杰克神豆奇缘记

从前,有个贫穷的寡妇带着独生子杰克,种着一块小小的菜地,靠着唯一的母牛挤奶生活。虽然家里并不怎么富裕,但是母子俩却过得挺舒心①。

有一年夏天大旱,青草全枯死了,他们种的蔬菜一点儿也没长出来。

妈妈对杰克说:"咱们最好把奶牛卖掉,没有草料喂它,眼看着它就要饿死了,再说咱们也急着弄点儿钱来买吃的东西呢!"

第二天早晨,杰克就牵着奶牛向集市走去。

没走多远,杰克迎面碰上一个眼睛特别明亮的老人,他对杰克说:"你好,孩子,你上哪儿去呀?"杰克回答:"我去集市上卖奶牛。"

老人掏出五粒豆子说:"我拿豆子换你的奶牛可以吗?这可不是普通的豆子,只要一种下,它们就会一直长到天上。要是这豆子不像我说的那么神奇的话,你明天到这儿来找我,再把牛牵回去。"

杰克想了想,觉得倒也公平,就收下豆子回家了②,他一心只想着神奇的豆子能冲上天去的奇迹。

妈妈见杰克换回来的只是几粒干巴巴的豆子,一下子就发火了,她扬手把豆子扔出了窗外,大声喊着:"你是中魔了!这不明摆着是不可能的事吗?你这个笨蛋,没用的东西,你被人骗啦!"

① 杰克和母亲虽然生活得不富裕,但是过得很快乐。
② 杰克很单纯,老人说这五粒豆子很神奇,他就用自己的奶牛换了五粒豆子。

可怜的杰克躺在床上气恼地想:"我是多么愚蠢啊!"

过了一会儿,他就沉沉地睡着了。

次日早晨,杰克发现窗外遮满了一片片巴掌大的绿叶,感到十分惊讶。他推开窗户,抬头一看——啊,豆子真的是有魔力的呀!豆茎互相缠绕着上升,茎梢钻进云彩里面去了①。

杰克试了试豆茎是否能承受得住他身子的重压,一点儿也没事儿!

他马上开始攀着豆茎往上爬,不一会儿,他已经隐没在云层里了。

云层之上,一条宽阔的大道伸向看不到的地方。

杰克离开了豆茎,在大道上迈步走着。

杰克看见远处有一座特别高的屋子,就走上前去,问一个特别高大的女人是否可以给他点儿早饭吃。

这女人大声叫起来:"走开,小孩!我丈夫是吃人魔,他最喜欢吃的就是像你这样的男孩!"

杰克却说:"没关系,我现在饿得慌,要是你给我一口早饭,我不在乎以后是不是会被吃掉②!"

这女人是嫁给吃人魔后心肠才变硬的。她四处张望,见丈夫不在附

---

① 杰克的惊讶可想而知。
② 对于女人的恐吓杰克竟然不害怕,还想要东西吃。

愚蠢(yú chǔn):愚笨,不聪明。
缠绕(chán rào):条状物回旋地束缚在别的物体上。

近,就递给了杰克一些面包和乳酪。

杰克刚吃完,就传来了惊心动魄的巨响——轰隆!轰隆!原来是吃人魔的脚步声①。

女人连忙把杰克藏进了大烤箱。

刚关好烤箱门,吃人魔就回来了,他的腰上挂着三头被打死的牛犊。

吃人魔的鼻子特别灵,已经嗅出了人味,他大声叫道:"人的气味冲进我的鼻子里啦!"

"这是昨晚你吃掉的两个男孩子留下来的气味啊!"他的妻子烧好了三头牛犊,端来作为他的早餐。

吃完了早餐,吃人魔抓来了一只花母鸡,放在桌上,说道:"快下蛋呀!"眨眼间,母鸡就下了一个金蛋。他又说:"快下蛋呀!"这母鸡就继续在桌上下着金蛋。

因为夜间在外面猎取食物,吃人魔很快就打起盹儿来。不一会儿,鼾声大得就像天上的响雷②。

吃人魔一睡熟,那女人赶紧从大烤箱中放出了杰克。杰克早就注意到桌上的那只花母鸡了,他对吃人魔的妻子说:"谢谢你,请你到外面水井里给我弄杯水来好吗?在大烤箱里待了这么久,我渴得太难

---

① 运用拟声词"轰隆",生动形象地写出了吃人魔脚步声的巨大。
② 运用比喻的修辞手法,把吃人魔的鼾声比作天上的响雷,从侧面突出吃人魔的吓人。

惊心动魄(jīng xīn dòng pò):形容使人感受很深,震动很大。
鼾声(hān shēng):睡着时粗重的呼吸声。

受了!"

女人出去了。

眨眼的工夫,杰克抓住花母鸡,跑出了门外。

可是,花母鸡一受惊吓,咯咯地乱叫起来。

吃人魔醒了过来,一蹦而起,跟在杰克身后,跑出大门。

杰克像风一样在白色大道上狂奔,想摆脱跟在后面的吃人魔[①]。

可是吃人魔的腿特别长,眼看着一步一步地接近他了。

这时,杰克已经到达豆茎旁边,他像闪电似的快速攀着豆茎往下爬。

他爬到一半时,整个豆茎摇晃了起来,好像受到一股暴风的冲击一样。

杰克抬头一望,看见吃人魔也跳上了豆茎,正爬着追来,很快就要接近杰克了。

杰克继续往下爬,离地面很近时,他大声喊起来:"妈妈,快拿斧子来呀!"

杰克跳到地面后,他的妈妈正拿着斧子从屋里跑出来。

杰克挥起斧子使尽力气朝着豆茎砍下去,豆茎被砍断了。

吃人魔发出一声吓人的惨叫,重重地摔在地上,死了。

就这样,再也没有神奇的豆茎了。

后来,也没有再听谁谈起过吃人魔了。

杰克和他的妈妈过着幸福快乐的日子,如果他们感到缺什么,让花

① "像风一样"生动形象地写出了杰克跑得飞快,突出了他的害怕。

杰克神豆奇缘记

母鸡下个金蛋就全解决了①。

远近的人们也常来寻求他们母子的帮助,大家都丰衣足食,日子过得和平快活。

① 神奇的花母鸡解决了杰克和母亲的生活问题,他们过着幸福快乐的日子。

丰衣足食(fēng yī zú shí):形容生活富裕。

跳舞的红鞋

|图说欧洲民间故事|

- 主要人物
  - 名称：卡伦
  - 性格特点：忘恩负义、爱慕虚荣、知错能改
  - 事件：被上帝惩罚

- 次要人物
  - 名称：老夫人
  - 性格特点：慈爱、善良
  - 事件：收养无家可归的卡伦

故事梗概

　　卡伦被老夫人收养，可是她不尊重上帝，不孝顺老夫人，受到了上帝的惩罚，双脚不停地跳舞，后来她请求刽子手砍掉了她的双脚，请求上帝宽恕她的错误。

跳舞的红鞋

从前,有一个小姑娘叫卡伦,长得十分漂亮、可爱。

因为家里穷,她夏天总是赤着脚走路,冬天穿着一双大木鞋,把脚背都磨得红红的。

村里住着一位做鞋的老妈妈,看她十分可怜,就给那个小姑娘做了双鞋子。

在安葬她妈妈的那天,小姑娘得到了一双红鞋,并第一次穿上。

出殡是不适宜穿这双鞋的,可是她又没有别的鞋可穿。于是,她把光脚板伸进鞋里,跟在棺材后面。

忽然,一辆很大的旧车子驶来了,里面坐着一位高大的老夫人,她很为小姑娘难过,就对牧师说:"把她交给我吧,我会对她好的①!"

卡伦以为是那双红鞋的缘故,但那位老夫人却说这双鞋子很糟糕。鞋子被烧掉了,但卡伦得到了干净、整洁的衣服,还上学读书认字、学缝纫。

人们都说她很可爱,但镜子却说:"你不仅可爱,而且漂亮!"

有一次,皇后带着小公主在全国旅行。

人们都去一睹她们的风采,卡伦也去了。

小公主穿着洁白的衣服和一双漂亮的、红色上等山羊皮做成的鞋,世上再也没有比红鞋更好看的东西了!卡伦已经到了行坚信礼的年龄了,老夫人带她去买新衣服和新鞋。

---

① 通过对老夫人语言的描写,可以看出老夫人是一个有爱心的人。

糟糕(zāo gāo):事情或情况坏得很。

| 图说欧洲民间故事 |

鞋匠的玻璃橱柜里放着美丽的鞋和锃亮的靴，漂亮极了。

其中有一双红色的鞋子，跟公主穿的那双一样，真是美极了！

"一定是真皮的！"老夫人说。

鞋很合脚，就被老夫人买了下来。

可是老夫人眼神不好，她并不知道鞋是红色的，否则她绝不会让卡伦穿着红鞋去参加坚信礼仪式，可是卡伦穿着去了①。

教堂里所有的人都瞅着她的鞋，她觉得连墓碑上的像都像是在盯着她的鞋。

牧师把手放在她的头上，宣讲对上帝的誓言，说她应该做一个伟大的基督徒时，她心中想的也只是这双鞋。

老夫人从别人那里听说鞋子是红色时，对卡伦说以后再去教堂一定要穿黑鞋，即使是旧的也得穿。

下一个星期日是领圣餐的日子。

卡伦看了看黑鞋，又看了看红鞋，她还是穿上了红鞋②。

那天阳光明媚，卡伦和老夫人沿着稻田的小道走着。

教堂门口有一个老兵，他留着奇怪的红色长胡须，问老夫人他可不可以为她们把鞋擦干净，卡伦就把她的小脚伸了出来。

"多么漂亮的跳舞鞋啊！"老兵说。

① 正因为老夫人眼神不好，才有了下面的故事，为下文做了铺垫。
② 卡伦没有听老夫人的话，又穿上了红鞋，可见她对红鞋的钟爱。

锃亮（zèng liàng）：形容反光发亮。
墓碑（mù bēi）：立在坟墓前面或后面的石碑，上面刻有关于死者姓名、事迹等的文字。

跳舞的红鞋

老夫人给了他一点儿小钱,和卡伦走进了教堂。

教堂里面所有的人都瞧着卡伦的红鞋。

卡伦在圣坛前跪下,把圣餐杯放在嘴前时,她心中只想着这双红鞋,她忘了对上帝祷告①。

仪式结束后,老夫人上了马车。

在卡伦抬起脚要跟着上车时,附近的那个老兵说:"瞧,多漂亮的跳舞鞋啊!"

卡伦情不自禁地跳了起来,双脚怎么也停不下来,就好像那鞋子有一种力量控制了双脚。

马车夫不得不把她抱进车子,但是脚还是不停地跳,最后他们只得把她的鞋脱掉,这双脚才安静下来。

回家后,鞋子被放进了柜子里,卡伦还是忍不住要去看看它。

老夫人病倒了,人们说她好不了了,她需要很好的照料,卡伦是最合适的人。

可是,城里有一个盛大的舞会,卡伦也接到了邀请。

不管怎么说,老夫人是不会好起来了。她看着那双红鞋,觉得她也没有什么罪过,于是她就去参加舞会,跳起舞来了②。

可是,她要往右边跳时,鞋子却要往左边跳,她要往上边跳时,鞋

---

① 为下文卡伦受到惩罚埋下了伏笔。

② 老夫人病了需要照顾,可是卡伦却去参加了舞会,说明她是一个自私的人。

情不自禁(qíng bù zì jīn):抵制不住自己的感情。

子却要往下边跳，她顺着台阶，穿过大街，跳出了城，一直跳进黑暗的树林里。

树梢上面发出了亮光，那个长着红胡须的老兵坐在上面点着头，说："瞧，多漂亮的跳舞鞋啊！"

她吓坏了，想脱鞋，但是脱不下来，鞋牢牢地套在了她的脚上。

她不停地跳着，跳进了敞开着的教堂的墓园，那里没人理她。

在她跳往敞开着的教堂门口时，她看到一个穿着白长衣、长着翅膀的天使，天使面色沉重、严肃，手拿一把明晃晃的宽剑。

天使说："你必须跳舞！一直跳到你变得苍白冰凉，皮肤抽缩得像一副骨架为止。你要挨家挨户到有傲慢虚荣的孩子的地方，你要敲门，让他们看到你，害怕你。你必须跳①！"

"宽恕我吧！"卡伦大喊，但是她没有听到天使的回答，鞋子拖着她跳出了门，跳进了田野，穿过大街和小巷，她一直跳着。

一天早晨，她跳着经过一座她很熟悉的房子时，从里面传出唱赞美诗的声音，人们抬了一口棺材出来，这时，她才知道老夫人去世了。

她觉得自己被所有的人遗弃了，遭到了天使的惩罚。

她不得不在漆黑的夜里跳。

鞋子拖着她跳过荆棘，跳过野蔷薇丛，跳过荒野，最后，她跳到一所孤寂的小屋前面。

这里面住着一个刽子手，她用手指头敲着窗子，说："出来吧！我

---

① 用了两个"必须"，突出了卡伦的行为引起了天使的极度不满。

宽恕（kuān shù）：宽容饶恕。

跳舞的红鞋

进不去,因为我在跳舞!"

刽子手说:"我是专砍坏人头的,我感觉到我的斧子在震动了!"

卡伦说:"别砍头,那样我就不能赎我的罪过了!把我穿着红鞋的脚砍掉吧!"

她把自己的罪过讲述了一遍,然后刽子手把她穿着红鞋的双脚砍了下来,鞋子拖着那一双小脚跳进了树林里①。

刽子手为她做了一双木脚和一副拐杖,教她唱忏悔歌和赞美诗。

她吻了吻刽子手握着斧子的双手,穿过荒野走了。

"我受够了那双红鞋的罪!我要到教堂去,让大家看到我!"

于是她朝教堂大门走去。

当她到达教堂时,那双红鞋在她的面前跳着舞,她吓得转身走了。

整整一个星期她都非常悲伤。

星期日,她想:"我受够了罪,我也忏悔够了!我觉得我和在教堂里面跪着的大多数人已经一样了!"

但是她还没有走到教堂院子的大门,就又看见那双红鞋在她的前面跳着舞,她再次逃回来,在心中忏悔着她的罪恶。

她到牧师家去请求牧师收留她做佣人,她没有提工钱的事,只求能

---

① 卡伦要求刽子手砍下自己的双脚,可见她已经痛苦和懊悔到了极点。

忏悔(chàn huǐ):①认识了过去的错误或罪过而感到痛心;②向神佛表示悔过,请求宽恕。

和善良的人在一起。

牧师的妻子收留了她。

她很勤快，做事很周到，晚间她静静地听牧师高声朗读《圣经》。

星期日又到了，牧师一家都去了教堂。

她眼里充满了泪水，伤心地望了望她的拐杖。其他人都去听上帝的训谕了，她一个人走到自己的小房间里，手拿她的赞美诗集坐着，用虔诚的心念着书中的话，她抬起满是泪水的脸说："上帝，救救我吧[①]！"

忽然，一位天使身着白袍，手拿一枝长满了玫瑰花的树枝站在她面前。

他用树枝在屋顶上碰了碰，屋顶就高高地升了上去。一颗金星出现了。

他碰了碰墙壁，四周延伸开来。

卡伦看到了正在演奏着音乐的风琴，看到了牧师和牧师夫人的画

[①] 卡伦诚心诚意地忏悔，恳请上帝原谅她。

训谕（xùn yù）：训诲；开导。

像,看到人们都坐在装饰过的凳子上,唱着赞美诗。

教堂自己走到了家里来,走到了这可怜的小姑娘面前来,或者是她来到了教堂。

她坐在他们中间,当他们唱完赞美诗抬起头时,有人对她说:"你来了,很好!"

"上帝宽恕了我!"她说。

风琴在鸣奏着,唱诗班的童声是那么动听,卡伦的心中充满了阳光、和平和欢乐,她的灵魂乘着阳光飞向了天堂。

火炉里的罗西娜

图说欧洲民间故事

主要人物
- 名称:罗西娜
- 家境:贫穷
- 身份:阿苏达同父异母的姐姐
- 特点:漂亮、善良、有礼貌

次要人物
- 名称:阿苏达
- 家境:贫穷
- 身份:罗西娜同父异母的妹妹
- 特点:丑陋、粗鲁

故事梗概

阿苏达和母亲嫉妒罗西娜的美貌,就合伙陷害罗西娜,没有想到罗西娜得到了奶牛和蟾蜍的帮助,总能化险为夷。可是,由于罗西娜不小心弄折了一只小蟾蜍的腿,受到了它的诅咒,喜欢罗西娜的王子却不在乎这个诅咒,经过一些波折,最终王子和罗西娜举行了婚礼。

火炉里的罗西娜

有一个穷人，他的妻子在很年轻的时候就死了，给他留下了一个名叫罗西娜的非常漂亮的女儿。可是他由于必须要去工作，没有时间照顾她，于是娶了第二任妻子，他和第二任妻子又生了一个女儿，名叫阿苏达，这个女儿长得有些丑①。两个女孩一起成长，一起上学，一起玩耍，可是每次回到家后，阿苏达都满肚子的怨气，"妈妈，"一次回到家后她说，"我再也不和罗西娜出去玩了，看到我们的人都夸她，说她漂亮，长得像朵花而且又有礼貌，却说我黑得像块炭。"

"你就是黑得像摩尔人又有什么要紧！"妈妈回答，"你从我肚子里生出来时皮肤就有些黑，这正是你的美丽所在。"

"您爱怎么想就怎么想，妈妈，"阿苏达反驳道，"无论如何我再也不会和罗西娜一起出去了。"

看到女儿被嫉妒折磨，妈妈十分痛心，便问她："你让我怎么办呢？"

阿苏达说："让她去放牛，同时让她纺一磅的麻。假如她晚上回来时牛还饿着肚子或者麻没纺好，您就打她。今天打她，明天打她，她就会变丑的②。"

尽管有些不忍心，可是后妈还是向亲生女儿屈服了。她把罗西娜叫过来说："你以后不必再和阿苏达出去了。你去放牛，喂它们吃草，同

---

① 介绍了两个姐妹的情况。
② 阿苏达嫉妒罗西娜的美貌，竟想出了如此恶毒的主意。

反驳（fǎn bó）：说出自己的理由，来否定别人跟自己不同的理论或意见。
折磨（zhé mó）：使人肉体上、精神上受痛苦。

时你还要把这磅麻纺好。假如我晚上回来的时候你没纺好麻或者牛没吃饱,我就让你尝尝我的厉害,我可把丑话说在前面了。"

罗西娜从来没有被这样的口气命令过,一下子吓得说不出话来。既然后妈已经把棍子拿在了手里,她只好听从了。她背着一大捆麻,牵着牛到田里去了,在路上,她不断地说:"我的好奶牛!我怎么能既纺纱又给你们割草呢?肯定需要有人帮我才行。"

听了这话,一头最老的奶牛转过脸对她说:"你不用慌张,罗西娜,你去给我们割草,我们来帮你纺麻,只要你说:

"奶牛啊好奶牛,

用嘴纺啊纺,

用角绕啊绕,

帮我把线绕成球①。"

天黑了,罗西娜回到家,将喂饱的牛带回牛圈,头上顶着满满的一筐草,胳膊下还夹着一个足有一磅重的麻线团。阿苏达见了,简直要被气死了,对她妈妈说:"明天您还让她去放牛,给她两磅的麻去纺,假如她纺不完,您就揍她。"

这一次,罗西娜也只是说:

"奶牛啊好奶牛,

用嘴纺啊纺,

用角绕啊绕,

① 奶牛看不惯阿苏达母女的做法,决定帮助罗西娜。

慌张(huāng zhāng):心里不沉着,动作忙乱。

火炉里的罗西娜

帮我把线绕成球。"

晚上,牛喂饱了,草割好了,两磅的麻也纺好绕好了。

"你到底是怎么干的?"气得脸色发青的阿苏达问,"一天能做这么多的事情吗①?"

"你说我能怎样干呢?"罗西娜对她说,"我只不过是总能遇上好人罢了,这次是我的奶牛们帮了我。"

阿苏达跑到妈妈那里说:"妈妈,明天让罗西娜留在家里做家务,让我去放牛,而且我也要纺线。"

妈妈满足了她。第二天,阿苏达去放牛了。她手里拿着一根木棍,为了赶着牛向前走,她不停地用棍子敲打着它们的后背和屁股。到了草地后,她把麻往牛的角上一放,等它们纺线,可是那些奶牛一动不动。

"快!你们为什么不纺线!"阿苏达大喊,紧跟着便用棍子抽打它们。于是奶牛们开始晃动犄角,把线弄得一团糟②。

阿苏达不愿就此善罢甘休,一天,她对妈妈说:"妈妈,我想吃风铃草,今天晚上您让罗西娜到旁边农家的田里去采点来给我吃。"

母亲为了哄她高兴,便叫罗西娜到旁边农家的田里去采风铃草。"什么?"罗西娜说,"您让我去偷东西?这可是我从来没有做过的

---

① 运用语言描写,生动形象地写出了阿苏达的气愤。
② 阿苏达粗鲁地对待奶牛们,奶牛们是不会帮助她的。

犄角(jī jiao):动物的角。
善罢甘休(shàn bà gān xiū):好好地了结纠纷,不闹下去(多用于否定式)。

事。再说，要是那农家看见了有人在夜里进了他的田，会从窗户里开枪打我的。"

这正是阿苏达所希望的，现在她也开始以命令的口气对她说："对对，你必须去，否则就要挨揍了。"

这样，到了晚上罗西娜便出去了。她翻过篱笆，进入了农家的田地，她没有找到风铃草，却看见了一只大萝卜。她走过去拔呀拔，终于把那萝卜拔了出来。她看见下面有个蟾蜍窝，里面有五只小蟾蜍。"噢，多可爱的小蟾蜍呀！"她说着，把它们捧了起来，放在腿上，有一只却掉了下来，摔断了一条腿。"哎呀，对不起，小蟾蜍，我不是故意的。"她说①。

她腿上的四只小蟾蜍见她这样有礼貌，便说："美丽的小姑娘，你对我们这样好，我们要给你一个回报，你将变成世界上最漂亮的女孩，而且像太阳一样耀眼，无论是在多云时还是晴天。"

可是那只摔坏腿的小蟾蜍嘟囔着说："我可没感到她有那么好，她把我的腿摔坏了，她本来可以更加小心的。因此，我要让她在见到第一缕阳光时就变成一条蛇。直到她走进一个点燃的火炉，才能转变成人。"

罗西娜带着一半的欢喜和一半的恐惧回到了家。在黑夜里，她的周围亮得像白昼一样，因为她的美丽散发着光芒。继母和狠心的妹妹见到

① 运用语言和动作描写，生动形象地写出了罗西娜的可爱和善良。

嘟囔（dū nang）：连续不断地自言自语。

火炉里的罗西娜

她变得更加美丽，而且像太阳一样光芒四射，不由得都惊呆了①。她向她们讲述了自己在田地里的经历。"这都不是我的过错，"她最后说，"求求你们，以后千万不要让我见到太阳，否则我会变成一条蛇的。"

从那以后，罗西娜在有太阳的时候，便把自己关在家里，只在太阳下山后，或在多云时才出门。白天，她就坐在窗下的阴影里一边唱歌，一边干活。从那个窗子里射出的耀眼光芒，房子周围都能见到。

一天，国王的儿子从这里经过，他向那发光的地方望去，看见了罗西娜。"这个茅草屋里怎么会有这样一个美丽的少女？"他走进房子。就这样，他们互相认识了，罗西娜向他讲述了自己的全部经历和她身上的诅咒。

王子说："我并不在乎将来会发生什么，像你这样美丽的姑娘不应该生活在这样的地方。我已经决定要娶你做妻子了。"

她的继母插嘴道："殿下，您可要当心呀，不要给自己找麻烦，您想一想，她只要一见到阳光便会变成一条蛇的②。"

"这不关您的事，"王子说道，"我感到你们并不疼爱这个姑娘，我现在命令你们要把她送进王宫，我将派一辆全封闭的马车来，以不让她在路上见到阳光，至于你们，从今以后你们不会再缺钱花了。我们就这样说定了，再见！"

---

① 运用比喻的修辞手法，生动形象地写出了罗西娜的美丽。
② 罗西娜的继母不满意她有这么好的运气，把罗西娜见到阳光便会变成一条蛇的事告诉了王子。

封闭（fēng bì）：严密盖住、关住或堵住等，使不能通行或随便打开。

继母和阿苏达不敢违抗王子的命令，便都咬着牙，不怀好意地开始为罗西娜的出发做准备。马车终于到了，是一辆古式马车，四面封闭，只有顶上有一个小窗，马车后面有一个骑马的士兵，穿着华丽的衣服，头戴插着羽毛的帽子，腰上挂着剑。罗西娜走进了马车，她的继母坐在她旁边，陪她一起去。在上车前，继母把士兵叫到一旁，对他说："假如您想要十个保罗的小费，就在太阳照上车时，把车顶上的窗户打开。"

"没问题，夫人，"士兵说，"我一定按您说的去做。"

马车跑啊跑啊，到了中午时，阳光照在马车顶上，那个士兵猛地将车顶的窗户打开，一束阳光照在罗西娜的头上，她立刻变成了一条蛇，"嗖嗖嗖"地逃到树林里去了。

王子打开马车门，没有看见罗西娜，便知道发生了什么事，他哭喊着要杀死罗西娜的继母。后来人们都劝说这是罗西娜命中注定的，即使这次没有发生，将来也迟早会发生，他才慢慢恢复了平静，可是他仍然十分悲痛和失望。

可是厨师们早已把用来做婚礼晚宴的东西准备好了，被请来的客人也都在饭桌前坐好了。听到新娘失踪的消息后，大家都在想，既然已经来了，晚宴还是要吃的。厨师们接到点燃火炉的命令。一个厨师正要把一捆刚刚从树林里捡来的木柴放进点燃的火炉里，忽然看到木柴中藏着一条蛇，可是他已经来不及把它取出，因为木柴的一端已经被点燃了。他不停地向炉火里张望，寻找那条蛇，就在这时，从火焰中跳出了一个少女，少女好像一朵玫瑰一样鲜艳，比火焰和太阳还要耀眼。厨师看呆

耀眼（yào yǎn）：光线强烈，使人眼花。

火炉里的罗西娜

了，好像变成了一个石头人①。然后他大喊起来："快来呀！快来呀！火里出来了一个少女！"

听到叫喊声，王子第一个跑进厨房，后面紧跟着王室的其他成员。王子认出了罗西娜，把她紧紧抱在怀里，就这样他们举行了婚礼，罗西娜也从此过上了幸福的生活，再也不用受别人的欺负了。

① 通过运用比喻的修辞手法来描写厨师们的反应，衬托出罗西娜的美丽。

寻找长生不老的王子

图说欧洲民间故事

- 主要人物
  - 身份：王子
  - 特点：善良、执着
  - 事件：寻找永生之法

- 主要事件
  - 1. 拒绝鹰王的请求
  - 2. 拒绝秃顶国王的请求
  - 3. 拒绝针公主的请求
  - 4. 和永生女王结婚

读懂经典文学名著，
爱读会写学知识
★ 听故事学知识
★ 跟名师精读名著
★ 名著读写方法指导

故事梗概

王子一心想要找到一个不被死神摆布的国度，一路上拒绝了许多人的好意。在他们的帮助下，王子找到了永生女王。在永生女王这儿生活了一千年后，他离开永生女王去寻找自己的父母，并凭借永生女王给他的东西救了帮助过他的人，最后在永生女王的帮助下，他战胜了死神，和永生女王生活在了一起。

寻找长生不老的王子

从前，在很远很远的地方，有一个摇摇欲坠的炉灶，灶壁的缝隙后面有一条老妪的裙子，裙子的第七十七个褶子里住着一只白蚤子，蚤子肚脐上有一座雄伟的京城。京城里居住着一位很老很老的国王和他的独生子——一位前途无量的青年①。

国王对自己的爱子寄予厚望，请人教授他各种知识和礼仪。然后送他出国去见世面。

王子周游列国多年，归国后照父亲的意愿安顿了下来。然而，这年轻人在长年的周游中性格完全变了，他变得落落寡合。国王对此不知所措，心里一直在思考着王子这一巨大变化的原因，却没有告诉任何人②。最后，他得出一个结论，王子准是想娶媳妇了，否则他为什么会这样愁眉苦脸呢！

于是，有一天，当国王和王子在四壁挂满无数美少女肖像的餐厅用餐时，父亲对儿子说：

"看来你非常忧愁，我的孩子。你成亲吧。瞧这餐厅的墙上，挂着所有高贵公主的画像呢！挑一个你最中意的，我给你去提亲，让你心情愉快。"

"不，亲爱的父王，"王子说，"不是爱情折磨我，也不是婚姻

---

① 开篇介绍了王子的生活环境。
② 王子落落寡合，国王一直在思考原因，可见对孩子的关心。

摇摇欲坠（yáo yáo yù zhuì）：形容十分危险，就要掉下来或垮下来。
落落寡合（luò luò guǎ hé）：形容跟别人合不来。
不知所措（bù zhī suǒ cuò）：不知道怎么办才好。形容处境为难或心神慌乱。

诱惑我。使我难过的是，所有的人，连国王也不例外，到了时间都得死去。我渴望找到一个死神摆布不了人的国度。我决心去找这样的国家，哪怕走遍天涯海角①。"

老国王设法劝阻儿子。他对儿子说，世上没有这样的国家。他说，他统治这个王国已经五十年，感到幸福，心满意足了。现在，为了让王子开心，并把他留在自己身边，国王提出要让位给王子。可是王子没有打消自己的念头，第二天，他佩带宝剑，出发去寻找他心目中的国度②。

他走了许多天，父亲的王国已经被远远地抛在身后；他在沿着大道走的时候，看见远处有一棵大得惊人的巨树，一只硕大的老鹰正在它的上方盘旋，他走近一看，原来老鹰在用爪子不停地扯树冠上的枝条，并把它们撒向四面八方。

正当王子对这奇异的情景惊叹不已的时候，老鹰突然改变了主意，飞下来落在地面上，在王子身旁翻了个筋斗，变成了一位国王。

"你为什么目不转睛地看着我，小伙子？"他问，因为王子正出神地盯着他看。

"我为什么目不转睛地看着你？"王子说，"因为我很想知道你为什么在这棵树冠上扯树枝。"

听了这番话，鹰王回答：

① 王子向国王解释了自己愁眉苦脸的原因，为下文做了铺垫。
② 国王要让位给王子，可王子依旧决心去找他心目中的国度，说明了王子的意志坚定。

目不转睛（mù bù zhuǎn jīng）：不转眼珠地（看），形容注意力集中。

寻找长生不老的王子

"是这样的,我和我的亲友们命中注定,要等这棵树的最后一根树根被扯断以后才会死去。傍晚的时间虽然短暂,但今天的活已经做出来了,现在我该回家了。欢迎光临寒舍歇个脚,在寒舍过个夜吧①!"

王子接受了邀请,他们一起步行来到鹰王的城堡。嚯,瞧!鹰王有一位美丽的女儿。她走上前来问候父亲和高贵的客人,并立即吩咐仆人摆桌子,开饭。

他们入座后先寒暄了几句,鹰王便问高贵的客人,为什么到如此遥远的地方来漫游。王子告诉他说,他不会到此地为止,还将继续漫游,直至找到死神不能摆布人的国度。

"那么,小伙子,"鹰王说,"这里正是你要找的地方。难道你不明白,直到我把那棵大树的最后一根树根扯出来之前,死神都不能摆布我和我的亲友吗?小伙子,到那时还有六百多年哩!你娶我的女儿吧,同我们无忧无虑地生活在一起,直到咱们最后的时刻到来。"

"呵,我尊敬的大叔,我真愿意能这样,不过,六百年以后,天哪,咱们都得死啊,因此我还是要去寻找死神永远不能摆布人的地方②。"

公主也恳求他留下,因为他们已经彼此相好了,但公主也无法挽留住他。

---

① 鹰王邀请王子去他的家里做客。
② 六百年的时间在王子看来还是不满意,他拒绝了鹰王的要求,决定继续去寻找死神永远不能摆布人的地方。

无忧无虑(wú yōu wú lǜ):没有一点忧愁和顾虑。

最后,她送了王子一个小盒子作纪念,盒子里藏有她的肖像,她说:

"既然你不想同我在一起,我的王子,这个信物你就拿着吧!它有奇妙的魔力。每当你走累了,只需要打开盒子,瞧瞧我的肖像,你就能按照自己的意愿行走,上至天空的彩云间,如果那里风太大,就回到地面上来,想走多快就能走多快,哪怕像闪电般迅速也能做到。"

王子谢过她后,把小盒子装进衣兜里。第二天,他辞别了鹰王和他的女儿,开始上路了。

他沿着大道走了一阵后,感到很疲劳,便想起了小盒子。他掏出盒子,打开,望着公主的肖像自言自语:

"但愿我能行走如飞,像风在空中吹动一样。"

霎时,他腾空而起,像一阵风那样飞行。他飞呀飞,一直飞过一座大山,突然间,他看见有一个秃顶的男人用锄头在刨山顶,再用铁锹把刨出来的土装进一只筐子,然后把筐子提到山脚下。王子停住脚步,望着这一奇怪的场景,目瞪口呆。秃头汉子也放下手里的活,同他打招呼:

"你在看什么呀?"

"唔,我看是因为我想知道你把这满满一筐土运到哪里去。"

"呵,小伙子,我和我的亲友们命里注定,在我还没有用筐子把这座大山搬走之前,都不会死去。傍晚的时间虽然短暂,但今天的活我已

霎时(shà shí):极短时间。
目瞪口呆(mù dèng kǒu dāi):形容受惊而愣住的样子。

寻找长生不老的王子

经做出来了。"

说完,他翻了个筋斗,变成了一个秃顶的国王。他走向高贵的游人,邀请他到他家过夜……他们一起走到秃顶国王的宫殿,噫,瞧!秃顶国王有一个女儿,比鹰王的女儿漂亮一百倍哩!她亲切地将他们迎进王宫,设下丰盛的晚餐款待王子①。

他们入座后,秃顶国王问高贵的游人还要走多远的路。王子再次回答说,他将继续漫游,直至找到死神不能摆布人的国度。

"那么这里正是你要找的地方,"秃顶国王说,"正如我刚才对你说的,我和我的亲友们命里注定,在我还没有用这只筐子把那座大山搬走之前都不会死去。到那时还有八百多年呢。娶我的女儿吧,我相信你们不会互相厌恶的,你可以在这儿无忧无虑地活上八百年。"

"是的,这儿很不错,"王子说,"不过,我还是想去寻找死神永远不能摆布人的地方②。"

说罢,他站起来,向他们道过晚安,便退到自己的房间安歇去了。他第二天一早就起床,公主又恳求王子留下,但毫无改变。他不愿意久留,公主赠给他一枚会帮助主人又具有非凡魔力的金戒指。只要他把戒指套在手指上转一转,一瞬间他就能飘到他想去的地方。

王子收下戒指,向她致谢并道别后,又开始上路了。

他沿着大道走呀走,一直走到他想起自己得到的戒指。他转了转手指上的戒指,心想:

① 可以看出王子面对的吸引力在升级。
② 秃顶国王挽留王子,希望他娶自己的女儿,这样王子可以再活八百年,王子还是拒绝了。

但愿我现在就在世界的最尽头!

他闭上了眼睛,当他再睁开眼睛时,发现自己已经置身于一座富丽堂皇的城堡。他在街道上穿行,看见一大群身着奇装异服、长相古怪的人。他试着用自己掌握的二十七种语言同他们说话,可是没人搭腔。他没法同任何人交谈,他心情很沉重,也很难过,怎么办呢?正当他一筹莫展,沿街走着的时候,遇到一个男子,衣着打扮同他自己国家的人一模一样。他走上前去同他搭讪,啊!瞧,对方听懂他的话啦。他首先打听这个城堡的名字。那人解释说,这是针王国的首邑。他说,国王已经故去,可是他有一位美貌无比的女儿,统治着七个国家。她是整个王室剩下的唯一成员。王子听了很高兴,请那人带他去王宫。

"非常乐意!"那人说着,领王子到王宫后,自己就离去了。

王子走进王宫,发现公主坐在台阶上绣花,他径直朝她走去。公主见这位英俊的青年不是等闲之辈,便领他进宫,设盛宴款待他。

他们天南海北地聊了起来,公主知道王子的意图后,恳求他留下,帮助她治理国家。王子却声称,除了死神不能摆布人的地方之外,他不在任何地方定居。于是公主拉着他的胳膊,领他来到一间密室的门口,啊!瞧,里面收藏的全是绣花针,塞得满满当当,连再放一根针的地方都没有了。

"哎,王子,"公主说,"瞧这一大堆针!我和我的亲友们命中注

> 富丽堂皇(fù lì táng huáng):形容建筑物宏伟豪华。
> 搭讪(dā shàn):找寻话题借以开始攀谈,或无话找话进行敷衍或寒暄。
> 等闲之辈(děng xián zhī bèi):无足轻重的寻常人。

寻找长生不老的王子

定,要等我用完所有的针后才会死去。到那时肯定要一千多年。如果你留下来同我在一起的话,咱们就可以无忧无虑地在这里生活并治理国家一千年。"

"是的,可是一千年以后咱们还是得死呀,"王子说,"因此,我要去寻找死神没法摆布人的国度①。"

针公主没法劝说王子放弃他的意图。最后,王子宣称自己不再逗留,要接着上路。公主向王子走去,这样对他说:

"既然我挽留不住你,那你把这根金魔针带走吧,你需要的时候,它会变成你想要的任何东西。"

王子感谢她送的礼物,把它藏在衣兜里,向她道别后又继续上路了。

他离开城堡不久,就来到一条大河旁,发现河对岸是苍穹与大地相连的地方,不能再往前去了,因为这里就是世界的尽头。于是,他沿着河岸往上游走去。他走呀走,忽然看见他面前的大河上方有一座壮丽的王宫在浮动。

无论他多么想走近去观看,可就是找不到通向王宫的道路或者桥梁。这时,他猛然记起从针公主那里得到的金魔针。他从兜里掏出针,把它扔在地上,希望它变成一座金桥,通往巍峨壮观的王宫。果然,魔针立即变成一座金桥,王子毫不迟疑地跳上金桥,跨过大桥来到王宫的

---

① 公主的条件与鹰王及秃顶国王相比,要好多了,可以活一千年,但是王子还是拒绝了。

巍峨(wēi é):形容山或建筑物高大雄伟。

大地上①。

啊，天哪，当他要进宫门时，发现守卫在那里的是一些奇形怪状的魔鬼，他还从来没见过这样的魔鬼呢。他非常害怕，便呼唤他的宝剑飞出剑鞘。出鞘的宝剑削掉了几颗魔鬼的脑袋，可是不好，看呐，在原来的地方又长出了新的脑袋。

这时王子更害怕了，命令他的宝剑回到剑鞘里去，自己却疑惑不解地愣在那里。

王宫里的女王从窗口看到这一情景，马上命令一个仆人从卫士中间救出陌生人，并带领陌生人来见她。仆人照她吩咐的去办了，他急匆匆跑下去，护送陌生人通过门卫来到女王面前。

当王子来到女王跟前时，女王对他说：

"你到底是谁，此行的目的是什么？"

王子告诉她自己的父亲是谁，他自己是如何为了寻找死神不能摆布人的国度而周游列国的。

"现在，你的确已经到达目的地了，"女王回答说，"因为我就是永生女王，在这里，你永远不受死神的摆布了。"

就这样，王子在这座雄伟壮观的王宫待了一千年，然而时间却过得像六个月那么快②。

当一千年逝去时，王子做了一个美丽的梦，他梦见了自己的双亲。他非常想家，第二天早晨一起床，便立刻会见永生女王，禀告她

---

① 金魔针的魔力真的是太棒了，解决了王子的难题。
② 王子以为自己可以永生，没有想到住在这里一千年却过得像六个月那么快。

寻找长生不老的王子

说，他想回家去再见父母一面。

永生女王惊愕地回答：

"啊，天呐，你怎么会有这种想法呢？我的王子，你的父母八百年前就故去了，他们的遗骸也早已化成尘土。"

可是眼看无法说服王子，她便说：

"如果我仍然没法留住你，至少得让我为你打点行装呀。跟我来吧！"

她将一把金水壶和一把银水壶挂在他肩上，然后领他到一个密室，角落里有一只小桶，她叫王子把桶打开：

"把桶里的汁液装进银壶里，"她吩咐他说，"你只要用它洒在谁身上，谁就会马上死去，哪怕他拥有一千条生命。"

她又把他带进另一个密室，角落里也有一只小桶。她也叫王子把小桶打开，将里头的汁液装进金壶里，说：

"听着，王子，这汁液是从不朽岩流下来的，它有起死回生的功力。如果把它洒在死人身上，即便是已经死了四五千年的人，甚至尸体已经腐烂，只剩下几根骨头也能复活，而且总是生气勃勃的[①]！"

王子谢过永生女王，向她和整座王宫的人告别后便出发了。

他很快来到针公主居住的城堡。那里变化真大呀，他几乎认不出来。他走近王宫时，发现四周异常寂静，仿佛没有一个生灵。他一直往

[①] 永生女王的礼物对于王子来说肯定会有很大的作用，这为下文情节作了铺垫。

遗骸（yí hái）：遗体；尸骨。

上走，走进王官的房间，当他走进起居室时，看见公主倒在刺绣物上睡着了，好像睡得很熟。他蹑手蹑脚地走到她跟前，呼唤她的名字，却听不到她的回答。他用力拽她的衣裙，她仍一动不动。于是他便去看贮存绣花针的房间，啊，瞧，里头连一根针都不剩了。针公主是在最后一根针断在刺绣物上时故去的①。

他立刻提起金壶，把汁液洒在针公主身上。她终于慢慢苏醒过来，抬起头，张了张嘴。她说的第一句话是：

"噢，我亲爱的朋友，你把我唤醒了，真是太好了。我一定睡了很长时间。"

"嗯，不错，要不是我把你从死亡呼唤回人间，你会一直睡下去呢。"

针公主这才知道自己的确死去过，是王子恢复了她的生命。她亲切地感谢他，并答应要报答他。

王子告别针公主后，直奔秃顶国王的王官。他大老远就看到国王枕着筐子、伸直胳膊腿故去了，身旁还放着铁锹和锄头。

王子又提起金壶，把汁液洒在秃顶国王身上，使他复活了。国王感谢他，并答应要报答他。

王子同他告别后继续上路，来到鹰王的王官。国王已经挖出大树的最后一根根须，地上连最小的树枝的踪影都不见了。鹰王自己展开翅膀，仿佛依然用爪在扯树根，可他已经死了，苍蝇在他的尸体上嗡嗡地

① "用力拽"运用动作描写，生动形象地写出了针公主"睡"得很熟。

蹑手蹑脚（niè shǒu niè jiǎo）：形容走路时脚步放得很轻。

寻找长生不老的王子

飞来飞去。

王子又提起金壶,把汁液洒在鹰王身上。国王复活了,站起身子,大声说:

"喔,亲爱的朋友,谢谢你把我叫醒,我一定睡了很长时间,而且睡得很熟。"

"要不是我把你从死亡中唤醒,你会永远睡下去呢。"

这时鹰王才明白自己的确死去过。他认出王子,感谢王子使他复活,并答应要报答王子[①]。

告别鹰王后,王子又上路了,他很快回到自己父王的王宫。他打老远就发现王宫已经消失了,那里连王宫的踪影都没有啦。他走近时,发现那里有一个含硫黄的湖,湖里直冒蓝色的火焰。

年轻的王子甚至失去了找寻父母的一切希望,悲伤地掉头就走。正当他要离开京城时,听到身后有人在喊他:

"别逃,小王子,你算来对地方了,这一千年来我一直在等候着你呢!"

王子回头一看,原来喊他的正是死神本人。"你这该诅咒的家伙!"他大声说着,转动手指上的戒指,果然,他像自己想的那样,迅速飞到鹰王身旁,又从那里飞到秃顶国王的宫殿,然后来到针公主的王

---

① 王子用金壶的汁液救了公主、秃顶国王和鹰王,他们都很感激王子的救命之恩。

硫黄(liú huáng):硫的通称。非金属元素,符号S。有多种同素异形体,黄色,能与氧、氢、卤素(除碘外)和大多数金属化合。

157

官。他要求他们动用军队抵抗死神,他自己则去永生女王的国土。

可是,死神在他身后紧追不舍,当他的一只脚刚迈进永生女王的国门,死神就抓住他还留在门外的另一只脚,并大声说:

"随我来,王子,你是我的!"

永生女王把这一切全看在眼里,便从窗口朝下大声指责死神,告诉他在她的国土上他休想得到任何东西,因为他在这里无法摆布人。

"不错,"死神回答,"可他的一只脚还在我的土地上呢,因此他的半边身子理应属于我。"

"不错,可另一半是我的,"永生女王回答,"然而把他分成两半是愚蠢的,因为那样的话,他对咱们谁都没用了。那么进来吧。我让你进来,就这一次,咱们通过打赌来解决这事吧。"

死神同意了,走进永生女王的王宫,她建议由她将王子踢上九重天,踢到比晨星更高的地方,如果她能把他笔直地踢得那么高,而且掉下来的时候又落在她城堡的城墙内,王子就属于她,如果王子落在城墙外面,就归死神所有。死神同意了这个提议[①]。

于是,王子被叫到庭院中央,女王让王子踩在自己的脚面上,然后往上把他踢向群星,高得望不见他的踪影。由于她太使劲,身子晃动了一下,因此很担心王子会落在墙外。女王焦急万分,等待着他落下来。过了一会儿,女王才看到他的身影,那不比马蜂大。她试着目测他落地的方位,当她发现王子将落在墙外时,浑身不寒而栗。这时,南风徐徐

① 死神和永生女王打赌,决定王子的归属。

不寒而栗(bù hán ér lì):不寒冷而发抖,形容非常恐惧。

寻找长生不老的王子

吹来,帮了她的大忙。要不是女王及时冲出去,像接一个很轻的气球似的把他接在怀里,王子就要不可避免地掉在墙外的地上。她把王子抱进王宫,让王子躺在她的怀里,但女王发现王子仍处在昏迷之中,就用吻使他苏醒了过来。

她还下令宫廷里所有的人都去找扫帚,燃起火把,用这些燃烧着的扫帚把死神撵出了宫门。永生女王还命令死神永远不许再踏入她的国土①。

从那时起,王子和女王过上了幸福的生活,而且依然高高兴兴活到今天。

如果你不信,不妨去找永生女王的王宫,它在河面高高的天上,在世界的尽头,当你找到它时,你就会明白这个故事是真实的。

① 一个"撵"字,生动贴切地写出了永生女王对死神的厌恶。

撵(niǎn):驱逐;赶。